黒風怪
妖
JN184133
妖

弐
妖怪道中三国志
壁画に
ひそむ罠
三田村信行・作
十々夜・絵

登場人物紹介

佐山信夫

歴史大好きな「江戸時代オタク」。佐山博士とともに、未来で変顔を追う。

佐山博士

信夫の祖父で、歴史学者。中国の歴史が専門。

早川蒼一

妖怪ゲームの達人。アイデアを思いつくのが得意。クラスメイトの夏実がちょっと気になっている。

大河原夏実

“考えるより行動！”派。正義感が強く、好奇心おうせい。「じゃじゃ馬」なんていわれることも…。

これまでのお話は…

「変顔」という妖怪に『幻書三国志』の巻物をうばわれた佐山博士。変顔は巻物を使い「三国志」の時代を変えようとする。阻止するため「赤壁の戦い」を起こそうと、三国時代へ来た蒼一たちは、孔明と張飛に出会う。ところが二人は「三国志ゲーム」のヒーローのようにはかっこ良くない。名前を変え、孔明・張飛と旅をはじめたとたん、蒼太たちは妖怪におそわれて…！？

三国時代

張飛
「三国志」の重要人物。
天下無敵の豪傑だが、
じつは妖怪が
苦手。

孔明
「三国志」の中心人物。
天才的な能力を持つ
軍師だが、争いごとが
きらいで気弱。

黒風怪
ある密命を受け、
孔明たちを追っている
「間者」（スパイ）。

未来にあらわれる江戸の妖怪

ろくろっ首のお六
江戸時代で大妖怪を
補佐している。
肝のすわった
姉御肌な性格。

火吹き小僧
お六を姉のように
したっている。
口から“あやかしの火”
を吹く。

変顔
巻物をうばい、
歴史を変えようとしている。
どんな顔にもなれる妖怪。

青坊主
江戸時代から未来へ
送られ、妖怪管理局の
長官になっている。

このカード、なにかな…？

もくじ

◆古井戸をのぞいてみたら◆……5

◆狼婆を助けよう◆……55

◇変顔を追いかけて（二）◇……100

◆孔明は美女とごちそうが好き◆……114

蒼太たちが旅する「三国志」の世界とは…

「後漢」という時代の末期、国は乱れ、各地で戦乱が起こっていた。そんななか、大きな力をもつ三人の英雄があらわれた。「魏」の国の曹操、「呉」の国の孫権、「蜀」の国の劉備。三人は、中国を統一するため、さまざまな戦いやかけひきをくり広げていく――。

古井戸（ふるいど）をのぞいてみたら

一

街道はほこりっぽかった。ちょっとでも風が吹くと、砂つぶまじりの土ぼこりが、ようしゃなく目や鼻に襲いかかってくる。そのたびにこすっているので、目も鼻もまっ赤だ。

「こんなことなら、ゴーグルとマスクを用意してくるんだった」

蒼太は、ロバの背にゆられながら、ぼやいた。

蒼太と、今は夏花と名のっている夏実は、二一一一年の未来から、三国志の時代にやってきた。ふたりの目的は、呉の孫権と蜀の劉備の連合軍が、魏の曹操と激突する〈赤壁の戦い〉を成功させることだ。そのために、劉備の軍師の孔明や護衛の張飛とともに、呉へ向かっているところだった。

けれど、蒼太には首をひねることばかりだった。

孔明は、いかにも大軍師らしい『三国志』のゲームキャラとちがって、子どもっ

ぽくてたよりないし、張飛は張飛で、妖怪がでたとたん、布団をかぶってぶるぶるふるえるしまつ。

それに、ふたりとも、まったく急ぐようすがない。

孔明には、一刻も早く呉に行って、曹操と戦うのに反対している呉の重臣たちを説得するという大事な使命があるはずなのに、「お空はまんまる、地上は碁盤」なんて口ずさみながら、のんびり馬を歩ませている。

張飛は張飛で、馬のひき綱を取りながら、大きなひょうたんにはいった酒をぐびりぐびりと飲んでは、ゆらりゆらりと歩いている。

「ねえ、こんなにゆっくりしてていいの？」

孔明の前に乗っている夏花も、さすがにあきれて、いった。

「早く呉に行って、戦いの準備をしたほうがいいんじゃない」

「なあに、早く行ってもおそく行っても、赤壁の戦いはこっちの勝ちに決まってる。な、そうだろ、未来から来たソータイさんよ」

張飛が、酒くさい息を吐きながら、蒼太を見やった。

「そ、それはそうだけど……」

蒼太は口ごもった。赤壁の戦いのことが記された予言書が、曹操のスパイの変顔にぬすまれたことは、ふたりにはまだいっていない。

二一一一年の世界では、佐山信夫とおじいさんの佐山博士が、予言書を取りもどそうと、変顔を追っている。予言書は、十日以内に元の箱にもどさないと、記された文字がうすれ、消えてしまう。そうなると、赤壁の戦いはなかったことになり、未来の歴史が大きく変わってしまう。

そうさせないために、二一一一年の世界では信夫と博士が、三国志の世界では、蒼太と夏花が力をつくしているのだ。

――今話すより、あの人たちを赤壁の戦いに向かってふるい立たせる切り札にしたほうがいいわよ。予言書から赤壁の戦いが消えてしまったら、曹操の天下になるかもしれないって知ったら、必死になるから。

夏花がそういうので、タイミングを見はからい、いよいよというときになったら話すことにしていたのだ。

「おんや。〈それは、そうだけど〉とは、どういうことだ。〈そうだけど、そうじゃないかもしれない〉ってことか」

酔っているのか、張飛がからんできた。
「そんなことといってません！」
蒼太は、むっとしていいかえした。
「まあまあ、ふたりともおちついて」
争いごとのきらいな孔明が、あわてたように口をはさんだ。
「たしかにのんびり、ゆっくりしているけど、心配しなくていいよ。いざとなったら、馬を飛ばして一気に呉に乗りこむから」
孔明ははぐらかすようにいって、夏花にわらいかけた。
そんなふうにして、一行はほこりっぽい街道を進み、とある町にやってきた。
「どれ、今夜の宿をさがしてこようか。みんなちょっとここで待っていてくれ」
そういって、張飛は町の入り口で馬を止めた。
「ちょ、張飛どの、わたしが行ってきますよ」
孔明があわてていった。
「あなたが行っては、こわがって宿を貸してくれる人なんていませんからね」
「それもそうか」

張飛は、大きな目をぎょろりとむいて、びっしり生えた黒いひげをしごいた。
孔明は馬をおりると、手綱を張飛にあずけて、町の中にはいっていった。しばらくして、にこにこしながらもどってきた。
「うまくいきましたよ。さあ、行きましょう」
一同は、孔明のあとについて、町にはいった。孔明が見つけた宿は、町の中ほどにある古びた大きな屋敷だった。
「えっ、こちらがお連れさん!?」
蒼太と夏花のうしろに立っている張飛を見た屋敷の主人は、顔をこわばらせて、思わず二、三歩しりぞいた。
「こわがることはありませんよ。この男はわたしの従者で、こわい顔はしていますが、気はやさしくて力持ちなんです。さ、ご主人にごあいさつしなさい」
孔明にうながされて、張飛は仏頂面で頭をさげた。
「よろしく」
「ま、宿をひきうけてしまったからには、しかたがない。上がりなさい」
主人は、しかたなさそうに一同を屋敷に通した。

孔明が宿代はだしているのだろうが、夕食は料理の数も少なく、そまつなものだった。

「なんだ、酒もだしてくれないのか。大きな屋敷に住んで、金持ちにちがいないくせにけちくさいな」

張飛が口をとがらせた。

「まあ、そういわずに。泊めてもらえるだけありがたいと思いましょう」

孔明がなだめる。

「ま、いいか。こいつがあれば」

張飛は気分を直し、大ひょうたんをさかさにして口もとに持っていったが、たらたらと二、三滴がこぼれただけだった。どうやら道中で飲みつくしてしまったらしい。

「くそっ」

張飛は、いまいましげにひょうたんを部屋のすみにほうりなげた。

そのとき、外でさわがしい人声がした。大勢の叫び声やののしり声にまじって、あわただしい足音もする。なにかさわぎが持ち上がったようだ。

「ちょっと見てくる」
夏花がすばやく立ち上がって、部屋を飛びだしていった。
「おれも行く」
蒼太もあとにつづいた。
さわぎは庭のほうで起こっていた。月明かりに照らされた庭の中ほどに、大きな庭石が立っていたが、そのまわりを十数人の人たちが取りまいて、どなったり叫んだりしている。屋敷の主人のなにやら指図する声や女の人の金切り声にまじって、子どもの泣き声も聞こえてきた。
近づいてみると、異様な光景が目にはいった。庭石は、高さ二間あまり（一間は約二メートル）のごつごつとした自然石で、あちこちに穴があいていたが、下の方の大きな穴に小さな子どもがはさまっていたのだ。
「おすな、おすな。ひっぱったほうがいい」
「ばか。そんなにひっぱったら首の骨がおれてしまうぞ！」
「やめて、やめて。この子が死んでしまう！」
まわりの者たちが、おしたりひいたりするたびに、子どもの泣き声が高まる。

「どうしました、ご主人」
孔明が、人びとをかきわけて、前にでてきた。
「ああ、客人」
屋敷の主人は、青ざめた顔でふりかえった。
「つまらんことでしかったわたしがいけなかったのだ……」
主人が説明したところによると、五歳になるむすこが、なにが気に入らなかったのか、ぐずって夕飯を食べなかったので、主人が怒ってしかると、泣きながら庭に飛びだした。あとを追った主人から逃げようと、むすこは庭石にあいた穴から向こう側に抜けようとしたが、頭だけは通ったものの、体はつっかえて抜けられなくなってしまったのだという。
「あなた、早くなんとかしてください。この子、もう泣く力もなくなってるわ」
母親らしい女の人が、おろおろしながら主人にすがりついた。
すると、人びとの背後から、
「おれにまかせろ」
大きな声がした。見ると、張飛が腕組みをして立っている。

「そのかわり、うまくいったら、酒を飲ませてくれ」
「おお、この子を助けてくれたら、酒でもなんでもいやというほど飲ませてやる」
主人のことばに、にやりとわらった張飛は、人びとをかきわけてのっしのっしと庭石に近づいた。そして、右手でこぶしをにぎると、はーっと息を吹きかけ、大きくふり上げて力いっぱい庭石にたたきつけた。
するとおどろいたことに、庭石につつつーっとクモの巣のようにひびが走ったかと思うと、つぎの瞬間ばらばらにくだけちって、子どもは地面にころがりおちた。
あまりにも超人的な荒技に、人びとは唖然として声もでなかったが、やがてどっと歓声が上がった。
それから四半時（三十分）後、一行の食卓にはおいしそうな料理を山もりにした皿がつぎからつぎへと運ばれ、酒の瓶がいくつもならんだ。
「おかげさまでむすこは助かりました。さあさあ、遠慮せずに食べてください、飲んでください」
屋敷の主人は、にこにこ顔でに料理をすすめ、酒をついでまわった。蒼太と夏花は目をかがやかせて料理をぱくつき、孔明はほんのちょっぴり、張飛はがぶがぶとまるで水のように酒を飲んだ。

「ところで、ご主人。例の庭石のそばに、厚い鉄板でふたをした井戸があるのを見かけたのですが、あれはなんですか」

少しの酒で顔をまっ赤にした孔明が、屋敷の主人にたずねた。

「ああ、あれですか。あの井戸には妖怪が封じこめてあるのです」

妖怪と聞いて、蒼太と夏花は、はしを止めて聞き耳を立てた。

「今から百年ほど前のことですが、あるとき、この屋敷の井戸に水をくみにきていた女が、井戸におちておぼれ死んでしまうという事件がありました。おちたはずの女の体はうかんできませんでした。井戸にはいって底までさがしてみましたが、ふしぎなことに、影も形もなかったそうです。

この井戸は、いつもこんこんと清水がわいて

いて、日照りのときでも少しも減らないので、近所の人たちだけでなく、遠くからでも水をくみに来ていました。ところが、女がおちてからというもの、水をくみに来る人たちが、つぎからつぎへと井戸に飛びこんで死んでしまうのです。死体が上がらないのも、女のときと同じです。

そこで、わたしのご先祖が井戸をのぞいてみると、水面にそれはそれは美しい若い女の顔がうかんでいたそうです。女は、にっこりとほほえんでいました。ご先祖は、ふらふらっとなって思わず井戸に飛びこみそうなりましたが、あぶなく思いとどまりました。

さては、この井戸には妖怪がいて、人をさそいこむにちがいないとさとったご先祖は、井戸の水をさらって、妖怪を捕まえようとしたんですが、いくら水をかいだしても、あとからあとからわいてきて、さらいきれません。そこで、厚い鉄板で井戸にふたをし、呪い札をはって妖怪を封じこめたというわけです」

「ふん。妖怪がなんだ。おれさまの蛇矛でひとつきにしてやらあ」

酒に酔って気が大きくなったのか、妖怪が苦手のはずの張飛が、太い腕をふりまわして気炎を上げた。

二

腹いっぱい食べて飲んだ四人は、寝室に案内された。庭に面した広々とした部屋で、寝台には豪華な天蓋がついている。どうやら大事な客を泊める最上等の寝室のようだ。

「わあ、すてき！」

夏花は、歓声を上げて天蓋つきの寝台にかけよった。

「王女さまになったみたい」

「夏花が王女さまなら、おれは王子さまだ」

蒼太も勢いよく寝台に飛びこんだ。ふかふかの絹布団が、やわらかく蒼太の体を受けとめてくれた。

「こんな上等の部屋で寝られるのも、おれさまのおかげだということをわすれるなよ」

張飛が酒くさい息を吐いて、どさりと寝台に倒れこんだ。天蓋がゆさゆさとゆれ、寝台がぎしぎしときしんだ。

「張飛どの、寝台をこわさないでくださいよ」

孔明が、寝台のわきに剣をおきながら苦笑した。

「弁償させられると困りますからね」

返事のかわりに、大きないびきが答えた。

庭のほうで、わあっという叫び声と、どしんという大きな物音がしたのは、それから一時（約二時間）後のことだった。

「なんだ？」

「なんなの？」

蒼太と夏花が同時に目をさました。

庭に面した窓があいていて、月明かりが部屋にさしこんでいる。

「張飛さんがいないわ！」

部屋を見まわしていた夏花が、叫んだ。孔明の寝台の布団はもり上がっていたが、張飛の寝台はぺちゃんこで、布団が床に投げだされている。

「なにかあったのかしら」
「行ってみよう」
夏花と蒼太は、ひらいている窓から庭にでた。月明かりであたりは明るかった。例の庭石のそばにだれか倒れているようだ。ふたりは急いでかけよった。
張飛だった。庭石の右手にある古井戸のわきに大の字になっていた。気を失っているようだ。井戸の厚い鉄板のふたが、そのそばにころがっている。
「張飛さん、張飛さん！」
「しっかりして！」
蒼太と夏花は、必死で張飛をゆさぶった。
「う、う～～ん」
張飛はうめきながら目をあけると、がばっと半身を起こした。
「どうしたんですか」
「なにがあったの？」
ふたりの問いかけに、
「で、でた！」

ふるえながら張飛は井戸を指さした。
「ば、ばけ物、よ、妖怪だ！」
「ばけ物？」
「妖怪？」
蒼太と夏花は、顔を見あわせた。
「そ、そうだ……」
張飛はがくがくとうなずいた。
「さっき目をさますと、酒を飲みすぎたせいか、えらくのどがかわいていた。台所がどこかわからんし、さがすのもめんどくさい。そういえば庭に井戸があったはずだなと思いだして、窓から庭に飛びだした。井戸にかけよって鉄板をはずし、中をのぞいた。そのとたん、で、で、でたんだよ……！」
「女の人の顔？」
屋敷の主人の話を思いだして、蒼太がいった。
「そ、そうだ。水面に、今まで見たことがないくらい美しい若い女の顔がうかんでいた。おれを見て、にっこりわらった。おれは、ふらふらっとなって井戸に飛びこみかけた。そこではっと気がついて、思わず叫び声を上げながらしりもちをついたんだ。それで助かった」

張飛は、ふうっと息をついて、額の冷や汗をぬぐった。

「ばかねえ」

夏花があきれたように張飛を見やった。

「夕飯のときの話、聞いてなかったの？」

「のどがかわきすぎて、水を飲むことばっかり考えていたもんだから、妖怪のことはまったく思いうかばなかったのよ。おれとしたことが、とんだどじをふんじまった」

張飛はにがわらいした。

「おーい、みんな、そこでなにやってるんだい」

そのとき、のんびりした声が聞こえてきた。ふりかえると、孔明がゆっくりと歩みよってくるところだった。

「ふっと目をさましたら、だれもいない。窓があいていて、庭のほうで話し声がするから、来てみたんだ」

孔明は、三人を見まわした。
「どうしたんだい。なにがあった」
「張飛さんが――」
蒼太が説明した。
「あっはっはっはっ。そんなばかな」
話を聞きおえると、孔明はおかしそうにわらいだした。
「主が話してくれたのは、この井戸にまつわる伝説だと思うよ。何代か前の屋敷の主が、この井戸の底に財宝かなにかを隠していたんだね、きっと。そして、だれも近づかないようにするために、鉄のふたをかぶせ、妖怪話をでっち上げたのさ」
「しかしおれは、たしかに見た」
張飛が、むきになって目をぎょろつかせた。
「それは、張飛どのの頭のすみに、主の話がひっかかっていて、こわいこわいと思っていたから、見えないものが見えたんですよ。なんなら、わたしが試してみましょう」

孔明は、井戸に歩みよった。
「よ、よせ！」
「大丈夫ですよ。わたしは張飛どのとはちがいますから」
孔明はわらいながら、首をのばして井戸のふちから中をのぞきこんだ。
「ほらね。水面が月の光に照らされているだけですよ。女の顔なんて、どこにも見えやしません」
そういって孔明は三人をふりむいたが、ふっと首をかしげてくるりと井戸に向き直った。
「まさか……」
つぶやきながら、体をふたつに折るようにして井戸をのぞきこんでいたが、つぎの瞬間、すーっと頭からおちていった。
「たいへん！」
「孔明さん！」
「軍師！」
夏花と蒼太と張飛が、顔色を変えてかけより、井戸をのぞきこんだ。月明かりが井戸の奥のほうまでさしこんでいたが、鏡のような水面には波紋ひとつなく、たった今おちたはずの孔明の姿はどこにも見えなかった。

「孔明さん、孔明さん！」

「孔明さん、どこにいるの！」

「軍師、返事しろ！」

三人は口ぐちに叫んだが、返事のかわりにこだまが返ってくるばかりで、孔明はうかび上がってこない。

「だから、いわんこっちゃない」

張飛がうめいた。

「妖怪にさそいこまれたんだ」

「どうしよう……」

蒼太は頭がまっ白になった。孔明がいなければ、赤壁の戦いは曹操の大勝利に終わり、歴史が変わってしまう——。

最初に我に返ったのは、夏花だった。

「とにかく、なんとかして孔明さんを助けださなくっちゃ。張飛さん、屋敷に行って縄ばしごを借りてきて」
「縄ばしごをどうするのだ」
「きまってるじゃない。あたしたちも井戸にはいるのよ。それから、孔明さんの剣もわすれないで持ってきて」
「わかった」
張飛は、気を取りなおしたように屋敷にかけていき、しばらくすると縄ばしごを肩にかつぎ、孔明の剣をさげてもどってきた。
「屋敷の連中、妖怪がでたと聞いたら、布団にもぐりこんでふるえてやがったぜ」
自分のことをたなに上げて、張飛はあざわらった。
縄ばしごは、井戸の水面すれすれまでとどいた。その先は、水にもぐるしかないようだ。
「おれは、ここで待ってる」
縄ばしごをおろし終えると、張飛がひげをなでながら、ぬけぬけといった。
「お前たちだけで行ってくれ」
「なにいってんのよ。そんなの無責任だわ！」

夏花が目をつり上げた。
「だいたい、張飛さんがお酒を飲みすぎて、のどがかわいて、水を飲もうと、よせばいいのに井戸のふたをあけたから、こんなことになったんでしょ。少しは自分の責任を感じたらどうなの！」
「わかったよ。そうがみがみいうな。行くよ、行けばいいんだろ」
張飛は、やけくそぎみにいった。
「ただし、いちばんあとから行く。お前たちが先に行ってくれ」
「もう！」
「そう怒るなよ、夏花」
なおもいいつのりかけた夏花を制して、蒼太がいった。
「おれからはいるから」
「大丈夫？」
夏花が、怒り顔からがらっと変わって、心配そうに蒼太を見た。
「平気さ」
ぜんぜん平気じゃなかったが、ここで勇気を見せなきゃ男じゃないと思いながら、蒼太は縄ばしごに手をかけた。手足がこまかくふるえているのを夏花が気がつかないようにと願いながら、一段ずつ慎重におりていった。

五、六段おりると、

「あたし、おりるわよ」

上から夏花の声が降ってきた。

「気をつけて」

いいながら、なにげなく下を見た蒼太は、こおりついた。はるか下の水面に、美しい女の人の顔が、月明かりに照らされてぽかりとうかんでいたのだ。

柳の葉のように細く美しいまゆ。アーモンドのような形をした切れ長の目。澄んだ瞳。ほっそりとした鼻。ふっくらとした頬。桜の花びらのような美しいくちびる。豊かな黒い髪を高く結い上げている。

女の人が、紅いくちびるをほころばせ、にっこりとわらった。蒼太は、なんだか頭がくらくらして、思わず縄ばしごから手をはなし、さそいこまれるように水面に向かって飛びこんでいった。夏花がなにか叫んだが、蒼太の耳にはとどかなかった。

三

水面におちたはずなのに、水音はしなかった。それどころか、水中にはいった感じもない。体がぬれることもなく、息が苦しくてあっぷあっぷすることもない。月の光がとどかないぶあつい闇の中を、蒼太は、井戸の底に向かってただただおちていった。

長い時間だったような気もするし、ほんの一瞬だったような気もした。蒼太は、暗闇を抜けて、明るい井戸の底にすとんとおり立った。

井戸の底？

蒼太はまわりを見まわした。

そこは円筒形の部屋で、いちめんにぼーっと青白く光っているかべに、扉がひとつついている。上を見上げると、黒い闇がふたのようにかぶさっていた。

ここはほんとに井戸の底だろうか。

首をかしげていると、闇の中から夏花が飛びだしてきて、蒼太のわきにすとんとおり立った。

「なによ、どうしたのよ、どこよ、ここ」

夏花は混乱したようにあちこち見まわし、蒼太に気がついた。

「蒼太！　無事だったんだ」

「うん」

「よかった。いきなり縄ばしごから飛びおりたんで、びっくりしちゃった。いったい、どうしたのよ」

「自分でもわけがわかんないんだ。おりる途中で下を見たら、水面にきれいな女の人の顔がうかんでた。そのとたん、頭がくらくらっとして、縄ばしごから飛びおりてたんだ。夏花は？」

「あたしは、そんな女の人なんか見てないわ。蒼太が飛びおりたので、とにかくなんとかしなくちゃいけないと思って、あとから飛びおりたのよ。そしたら、ここにおちたんだ。ねえ、ここ、どこ？」

「井戸の底のはずなんだけど、もしかしたら、妖怪のすみかかもしれない」

蒼太は、水面にうかんだ女の人の顔を思いうかべながら、いった。
そのとき、ふたりの背後でどしーんと大きな物音がした。ふりかえると、張飛がしりもちをついていた。ふたりのあとを追って、縄ばしごを飛びおりたのだろう。
「いててて」
張飛は、顔をしかめながら立ち上がった。
「くそっ、ここはどこだ」
「妖怪のすみかみたいよ」
夏花が、からかうようにいった。
「なんだと?」
張飛はぶるっとふるえて、逃げ場はないかときょろきょろあたりを見まわした。
「ここが妖怪のすみかだとしたら、孔明さんがどこかにいるはずだ。早くさがしださないと」
蒼太がいった。
「さがすとしたら、あそこしかないわね」

夏花が、かべにあるただひとつの扉を指さした。

と、その声が聞こえたかのように、扉がぎぎぎっと重くきしみながらゆっくりとひらいていった。蒼太と夏花は体をかたくし、張飛はふたりのかげにあわてて隠れた。

ひらいた扉からだれかがでてきた。蒼太は思わず声を上げそうになった。水面に顔がうかんでいた女の人だったのだ。

「みなさん、よく来てくださいました」

女の人は、笑みをうかべて歩みよってきた。

「気をつけろ！」

張飛がふるえ声で叫んだ。

「そいつは妖怪だ！」

「こわがらなくてもいいですよ。この人はなにもしません」

聞きおぼえのある声がした。

「孔明さんだ！」

「孔明さんよ！」

「軍師か！」
蒼太と夏花と張飛が、同時に叫んだ。
「ええ、わたしです」
孔明が扉のかげからゆっくりとでてきて、三人にわらいかけた。
「いったい、どうなってるの」
夏花が、とまどったように、孔明と女の人を見やった。

「妖怪にたぶらかされて井戸におちた孔明さんも、助けようとあとを追って飛びこんだあたしたちも、ぴんぴんして、こんなわけのわからないところにいる。これって、どういうこと？」

「もしかしたら、おれたちみんなが、この女の人にたぶらかされてるのかもしれない」

蒼太がいった。

「いや。この人はわたしたちをたぶらかしたりはしない」

孔明が首をふった。

「うそつけ」

張飛が、蒼太と夏花の背後からそろそろと首をのばした。

「水面にうかんで、おれたちを井戸の中にさそいこんだではないか」

「それは、わたしたちに力を貸してほしかったからです。この人は、鬼なんですよ」

「鬼ってなあに。知ってる？」

夏花が蒼太をふりむいた。

「うん。死んだ人の霊だよ。中国では、死んだ人はみんな鬼になると考えられてるんだ。三国志のゲームにでてきた。日本の幽霊みたいなもんだね」
「みなさん、たいへん失礼をいたしました」
女の人は、蒼太たちにていねいに頭をさげた。
「今、こちらの孔明さんがおっしゃったとおり、みなさんのお力をお借りしたくて、来ていただいたのです。けっしてたぶらかしたわけではありません」
「どうして、あたしたちの力を借りたいの？」
夏花がたずねた。
「そのわけを、これからお話しします」
女の人は、口調をあらためて、話しだした。
「わたしは紅蘭といって、むかし、遠い村からこのお屋敷の井戸に、毎日水をくみに来ていました。ところが、あるとき、あやまって井戸におちておぼれ死んでしまったのです。鬼になったわたしは、井戸の底によこたわった自分の身体を見ていました。そばに一ぴきの蝦蟇がいました。この井戸は、蝦蟇のすみかだったのです。お前は死んで鬼になったが、おれのために働けば、もとの体にもどして生きかえらせてやる。いやなら、お前の体を食ってしまう。そうなれば、もどる体がなくなって、お前は鬼のままで永遠にさすらうことになる——と、蝦蟇はいいました。

生きかえることができるならと、わたしは、蝦蟇のいうことをきくことにしました。そして、水面に顔をうかべて水をくみに来た人たちをたぶらかし、井戸にさそいこんでいたのです。

こうして、しかたなく多くの人を蝦蟇のえじきにしてきたのですが、やがて、井戸にふたをされ、封印されてしまいました。すると蝦蟇は、封印が破られ、井戸のふたがあけられるときまでねむるといって、ねむりにつきました。それから

五十年、今もねむりつづけています。
そして今夜、思いがけず封印が破られ、井戸のふたがあきました。じつは、わたしもこのときを待っていたのです。井戸をのぞきこんだ人をさそいこんで、ねむりつづけている蝦蟇をやっつけてもらえれば、二度と犠牲者をださなくてすみますし、わたしもこれまでの罪ほろぼしができるのです――」
「と、いうわけなんですよ」
孔明が、自分のことのように、しめくくった。
「みんなで力を貸してやろうじゃないですか」
「どうかお願いします」
女の人――紅蘭は、ふたたび深々と頭をさげた。
「おれは、ごめんこうむる」
張飛はそっけなく首をふった。
「妖怪に義理はないからな。わるいけど、もどらせてもらうぜ」
「どうやってもどるの？」
夏花がいった。

「縄ばしごもないのに」
蒼太は上を見た。闇があいかわらずふたのようにかぶさっている。
「もうしわけありません」
紅蘭がすまなそうにまた頭をさげた。
「蝦蟇は、強い妖力でこの井戸の底を自分のすみかにしているのです。ですから、その妖力をなんとかしないかぎり、だれもここからはでられないのです」
「なんてこった……」
張飛は頭をかかえた。
「とにかく、やるしかないですよ、張飛どの」
孔明がはげました。
「でも、この人、これまでたくさんの人をさそいこんで、命をおとさせているよ。そんな人を助けるって、どうなんだろう」
蒼太のことばに夏花もうなずく。
「それはそうだが、罪ほろぼしをしたいといっているのだし、ここで止めなければ、また罪をかさねなければならない」

孔明がいった。
「わかったわ」
「わかった。それなら力を貸すよ」
夏花と蒼太がこもごもいった。
「でも、蝦蟇の妖力をなんとかするって、どうすればいいんだろう」
「蝦蟇の額には、短い角がはえています。この角をおってしまえば、妖力は消えるはずです」
紅蘭がいった。
「あるとき、蝦蟇が、おれの秘密を教えてやるといって、話してくれました。やれるならやってみろと蝦蟇がいうので、やってみましたが、わたしの力ではとうていおることはできませんでした。だれか、力の強い人がやってくださるか……」
みんな、いっせいに張飛を見た。
「よせ！　おれを見るな。おれはやらんぞ。ぜったいに」
張飛は顔の前ではげしく手をふった。
「それでなければ」

紅蘭はことばをついだ。

「童子、つまり男の子ですね。蝦蟇は、前世で渡し船の船頭をしていましたが、あるとき、あやまって船を転覆させ、乗っていた大勢の童子をおぼれ死にさせてしまいました。その罪で蝦蟇に生まれ変わってこの井戸の底に住むようになったのですが、死んだ童子の呪いで、童子に角をさわられると、ぽろりとおちてしまうんだそうです」

「へへへ。そりゃあ、いいや。ソータイどの、たのみましたぜ」

張飛が、へらへらわらいながら、蒼太をおがんだ。

「たのむ」

「やってくれるわよね」

孔明と夏花も、期待をこめて蒼太を見やった。

「あ、ああ……」

蒼太はしかたなくうなずいた。

「それで、蝦蟇はどこにいるんですか」

「こちらへどうぞ」

紅蘭が、さっきでてきた扉に歩みよった。
扉の向こうは通路になっていて、しばらく進むとまた扉があった。
「蝦蟇は、ここでねむっています」
そういって、紅蘭が扉をあけた。

四

さっきの部屋の三倍はありそうな大きな部屋だった。同じように、まわりのかべがぼーっと青白く光っている。部屋のまん中に、天井から吹き流しのような筒型の布がつりさがっていた。
紅蘭が歩みより、たれさがっているひもをひっぱった。すると、布がするすると上がっていき、丸い大きな寝台があらわれた。寝台の上には、巨大な蝦蟇が横になっている。グォーッ、グァーッと、大きないびきがかべをゆるがしていた。
「あれが、さっきいった〝角〟です」

紅蘭が蝦蟇の額のあたりを指さした。
たしかに、蝦蟇の目と目のあいだには、三寸（一寸は約三センチ）ばかりの突起がニュッとのびている。なるほど角のように見えなくもない。
——あれにさわれば、ほんとうにぽろりとおちるのだろうか？
蒼太の胸のなかでは、いろんな思いがうずまいていた。
——さわってもおちなかったら？
——さわったとたんに、蝦蟇が目をさましたら？
——ほんとうはもう目をさましていて、わざといびきをかいてるんじゃないのか？
——近づいたとたんに、大きな口をあけてぱくりと……！
「ちょっと、蒼太。なに考えてるのよ」
夏花が背中をつついた。
「早くやりなさいよ」
——ちぇっ。夏花のやつ、自分がやらないもんだから、いい気なもんだ。
「さあ、勇気をだして」
孔明がはげますようにいった。

「みんなのために、がんばってくれ、蒼太」

——孔明さんは、思いやりがあるな。それにひきかえ、張飛さんは……。

張飛はみんなからはなれて扉ぎわに立ち、いざとなったらすぐ逃げられるように、半身にかまえている。

「わかった。やるよ」

蒼太は、ぶるんと頭をふって、いろんな思いを追いはらうと、そろそろと寝台に近づいていった。

蝦蟇は、寝台にあおむけになって寝ていた。小山のようにもり上がった布団が、グォーッグワーッといういびきとともに、ゆっくりと上下している。目も口もとじてはいるが、とつぜんカッとひらくかもしれないと思うと、うっかり手をだせない。

「大丈夫よ。五十年もねむっていたんだから、目をさますはずはないわ」

夏花が、勇気づけるようにいった。

それはわかっているが、なにしろ相手は妖怪だ。こっちの思いどおりになるかどうかはわからない。

ええい、なるようになれだ！

蒼太は、思いきって蝦蟇の額に腕をのばした。目と目のあいだの〝角〟をつかもうとしたとたん、蝦蟇がくるりと向こう側に寝がえりを打った。

「まずい」

蒼太は舌打ちして、向こう側へまわろうとした。

すると、蝦蟇がふたたびごろりと寝がえりを打って、こちらを向いた。

「ふうーっ」

蒼太は、大きく息をついて、またそろそろと手をのばした。が、その手は途中で金しばりにあったみたいに、ぴたりと止まり、指先は氷づけされたみたいにかちかちにかたまった。

蝦蟇が、ぎょろりと目をむいたのだ！

「うわわわあっ！」

蒼太は、腰を抜かしそうになりながら、よたよたと孔明と夏花のもとに逃げもどった。寝台のほうを指さしてなにかいおうとしたが、口をぱくぱくさせるだけで、声がでない。

「気をつけてください。蝦蟇が目をさましました！」

紅蘭がじりじりと寝台からはなれながら叫んだ。
「張飛どの、わたしの剣を！」
孔明がさっと腕をのばした。
「わ、わかった」
張飛が逃げ腰になりながら、剣をさしだした。孔明は剣を受けとると、柄に手をかけ、用心ぶかく身がまえた。
「ふあぁぁぁぁぁー」
大きなあくびをしながら、蝦蟇が半身を起こした。
「よくねむったな。人間のにおいがしたんで目がさめたが、はて、どうしたわけだ」
大きな目玉をぎょろりと動かして、蝦蟇はまわりを見まわし、孔明や蒼太たちを見つけると、にやりとわらった。
「いたぞ、いたぞ。さては、井戸のふたがあいて、紅蘭がさそいこんだとみえる」
蝦蟇は、布団をはねのけ、寝台からおりた。
「ちょうどいい。腹がへっているところだ。ひとまとめにして食ってやるわ」

「きさまなんかに食われてたまるか」
孔明が剣を鞘から抜きはなち、一歩前にでた。夏花と蒼太と紅蘭がそのうしろにつき、扉ぎわの張飛は、頭をかかえて小さくなっていたが、それでも逃げずに横目でようすをうかがっている。
「ふははは。そんなものが役に立つと思っているのか」
蝦蟇はあざわらうと、頬を大きくふくらませ、口からぶわわあーっと黄色いけむりを大量に吐いた。けむりはたちまちもやのように孔明たちをおしつつんだ。
「うっ」
「くっ」
「げほ」
「げほっ」
黄色いけむりを吸いこんで、みんな頭がくらくらっとした。けむりにはどうやら毒気がふくまれているようだ。
「それそれそれ。もっと吸え、もっと吸え！」
蝦蟇は、つぎからつぎへとけむりを吐きつづけた。部屋じゅうに黄色いけむりが充満した。張飛も孔明も夏花も蒼太も、ばたばたと倒れた。

「みなさん、しっかりしてください！」

紅蘭の悲痛な叫び声が、けむりの中にこだました。

「ふふ。おれさまのけむりを吸って無事だったやつは、ひとりもいないわさ」

蝦蟇はにやりとわらった。

「どれ、ひとりずついただくとするか」

そのとき、孔明の手ににぎられていた剣が、その手をはなれてすっと宙にうかんだ。刀身が青く光りかがやいた。すると、黄色いけむりが渦をまいて刀身にからみつき、すーっと吸いこまれていった。

黄色いけむりを吸いこみつくすと、刀身の青い光がさらにかがやきをました。いい香りが部屋にただよいだした。その香りをかいで、倒れていた者たちがつぎつぎに起き上がった。みんな、すっきりとした顔つきをしていた。すると剣は、なにごともなかったかのように、孔明の手におさまった。

「な、なんだ。どうしたんだ？」

蝦蟇は、なにがなんだか分からずに、ぼうぜんとしていた。

「くそっ」
ようやく我に返った蝦蟇は、ふたたび頬をふくらませ、けむりを吐こうとした。
「そうはさせるか！」
孔明がおどりこんで、勢いよく剣をふるった。
「あわわっ」
あやうくよけた蝦蟇めがけて、孔明の剣がふたたび襲った。蝦蟇はぴょーんと大きくとびはねて、孔明の背後におり立った。孔明はすばやくふりむいて、剣をふり上げた。
かなわないと思ったのか、蝦蟇はぴょんぴょん飛びはねながら、扉のほうに向かった。
「張飛さん、逃がさないで！」
夏花が叫んだ。扉ぎわでちぢこまっていた張飛は、夏花の叫び声ではっと顔を上げ、蝦蟇が自分のほうに向かってくるのを見た。
「わあっ」
なにを思ったのか、張飛は、目をつぶって蝦蟇に向かって突進した。張飛の頭

と蝦蟇の頭がはげしくぶつかりあった。
「ぐぉっ」
「ぐぇっ」
ふたりともひっくりかえって目をまわし、のびてしまった。
「今よ、蒼太！」
夏花の声が飛んだ。

「おう！」
蒼太は、ひっくりかえった蝦蟇にかけよると、〝角〟に手をかけた。そのとたん、角はポロリとおち、同時に部屋がまっ暗になった。
はっと気がつくと、蒼太は、月明かりに照らされて、井戸のわきに立っていた。となりには夏花がいて、井戸をはさんだ向かい側に孔明が立っている。
「どうなってんの、いったい」
夏花が首をかしげた。
「紅蘭がいったように、角がとれて蝦蟇の妖力が消えたようだね。それで、みんなもとにもどったのだ」
孔明がいって、手に持っていた蒼竜剣を鞘におさめた。
「おーい、ここはどこだ。おれはなんでこんなところにいるんだ」
少しはなれたところで、太い声がした。見ると、張飛が半身を起こして、あたりをきょろきょろ見まわしている。
「なにがなんだか、さっぱりわからん」
張飛は、頭をふりながら、起き上がった。

「なんだ、これは」
足もとにころがっていたものに気がついて、ひろい上げた。一ぴきの蝦蟇だった。
「あら、それ、妖怪の蝦蟇よ、きっと」
夏花がいった。
「なんだと。くそっ。こいつがおれたちをまどわしていたのか。いまいましいやつめ。こうしてやる！」
張飛は、大きな手で蝦蟇をにぎりつぶそうとした。
「およしなさい、張飛どの」
孔明が止めた。
「そいつは、妖力をなくして、ただの蝦蟇になってしまったんです。もう人をまどわすようなことはしないでしょう。はなしてやったら」
「ふん。まあ、いいか。助けてやるから、いつかおれたちに恩返しをしろよ」
張飛は鼻を鳴らして、蝦蟇をぽいとほうりなげた。蝦蟇は、張飛のことばがわかったように、ぺこりと頭をさげると、ぴょんぴょんと飛びはねながら暗闇に消えた。

そのとき、井戸の中からすーっと人影がでてきて宙にうかんだ。紅蘭だった。

「みなさん、ありがとうございました」

紅蘭は、両手をそでの中に入れて、深々と頭をさげた。

「あなたは、もとにもどったんじゃないの？」

夏花が聞いた。

「いいえ。蝦蟇はわたしをだましていたのです。わたしの体はとっくになくなっていて、もうもどることはできません」

紅蘭は、悲しげに首をふった。

「でも、いいのです。みなさんのおかげで、これまでの罪ほろぼしができましたから。わたしは、これから閻王（閻魔）の裁きを受けにまいります。蝦蟇がいなくなったので、井戸の水は昔のとおりになりました。屋敷の人にお伝えください。では、ごきげんよう」

それだけいうと、紅蘭はふっと消えた。

「これで一件落着だ。さあ、もどってもう一度寝なおすとしよう」

張飛が大きなあくびをした。
「それにしても、張飛どの。妖怪が苦手のあなたが、あそこでよく蝦蟇に突進できましたね」
孔明がいった。
「いや、あのときおれは、あっちが出口だと思い、妖怪を見ないように目をつぶって、無我夢中で逃げだしたんだ。そこへ、蝦蟇が向こうからぶつかってきただけなのさ」
張飛はにがわらいして、頭をかいた。
「自分で妖怪さわぎを起こして、自分で始末をつけたってわけね」
夏花が皮肉った。
蒼太は井戸をのぞいてみた。
暗い水面に、丸い大きな月がくっきりとうかんでいた。

狼婆（おおかみばば）を助けよう

一

火はパチパチと勢いよく燃えていた。張飛と夏花と蒼太が火のまわりに腰をおろし、ゆらめく炎を見つめている。孔明は、少しはなれたところで横になり、火に背を向けていた。まわりには夜のこい闇が立ちこめている。

その日、孔明は朝から体調がよくなかった。前の夜食べたものがあたったらしく、くりかえし襲ってくる腹痛に悩まされていた。馬に乗っていても、体をふたつにおるくらいに苦しみ、そのたびに休まなければならなかった。

あいにくなことに、さしかかったところは山道で、人家もなかった。山を越えればどこかの村にでられるかもしれなかったが、山中を休み休み行くうちに日が暮れてしまい、しかたなく夜営することにしたのだった。

木立の中に空き地を見つけると、馬とロバを近くの木につなぎ、小枝をひろい集めて火をつけた。さいわい、腹痛が少し弱まったので、孔明を横にならせ、三人で火をかこんだのだった。
「大丈夫かなあ、孔明さん」
蒼太が、寝入っている孔明を見やった。
「なに、心配はいらん。この程度でくたばるようでは、軍師はつとまらんわ」
張飛は、つきはなすようにいった。
「ねえ、孔明さんって、ほんとにすごい人なの？」
夏花が聞いた。まだそのことにこだわっているようだ。
「もちろんだ」
張飛はうなずいた。
「孔明軍師がいなければ、おれたちはとっくに曹操にほろぼされていただろう」
もっとも――と、張飛はつけくわえた。
「はじめのうちは、おれも関羽も、こんな若造になにができるかと、ばかにしていた。それに、劉備の兄上がおれたちよりも孔明軍師を重く用いるのもおもしろくなかった。そんなところへ、曹操の軍勢十万がおしよせてきた――」
そのころ劉備は、新野というところを根拠地にしていた。軍勢はわずかに三千しかなかった。そこへ十万の敵に襲いかかられては、ひとたまりもない。しかも、全軍を指揮する軍師は、実戦の経験もないまだ二十代の若者なのだ。だれもが大きな不安を抱いた。

しかし、孔明は動じなかった。さっそく関羽や張飛をはじめとする諸将を集めて、作戦をさずけた。

その孔明の作戦とは――。

「新野の北方に博望坡とよばれるけわしい坂があってな、そのふもとにはせまい山道をはさんで山と林がある。関羽が山、おれが林にそれぞれ一千の兵をひきいて、ひそむ。一方、博望坡の後方には、火薬を用意した五百の兵を待ちぶせさせて、敵がやってきたら火攻めにする。

残る五百の兵は、敵の正面に討ってでて、負けたふりをして逃げ、敵をせまい山道にさそいこむ。関羽とおれは、目の前の敵をやりすごし、博望坡で火の手が上がったら、ただちに討ってでる――という作戦だ」

頭の中だけならともかく、実際にはそんなうまいぐあいにいくはずがないと、だれもが孔明の作戦を疑った。おまけに孔明が、自分は新野の城で、戦勝の祝宴の支度をして諸将の帰りを待っていると、自信たっぷりにいったものだから、おれたちを命がけの戦にかりだし、自分は安全なところでのうのうとしているのかと、張飛などは怒りくるった。

しかし、ほかにいい考えもなく、とにかく孔明のいうとおりにしてみようと、諸将は配置についた。

そして、戦いがはじまった。

「おれは、一千の兵をひきいて、博望坡のふもとの林にひそんだ。わざと負けて逃げだしたわが軍を追って曹操軍がやってきたのは、日もとっぷりと暮れ、あたりに闇が立ちこめたころだった。おれは、兵たちに物音ひとつ立てるなときびしく命じて、せまい山道にさそいこまれていく曹操軍をやりすごした。山にひそむ関羽の軍勢も動かなかった。

あとからあとからやってくる曹操軍を、じりじりしながらやりすごしていると、ようやく博望坡の後方でいっせいに火の手が上がったのが見えた。火は折からの風にあおられて、あっというまに燃えさかった。おれは、『よし、今だ、行け！』と、林から討ってでた。ほとんど同時に、山から関羽の軍勢が攻め下ってきた。

おれと関羽に討ってでられ、さらには火攻めにあって、曹操軍は大混乱におちいった。味方をふみつぶし、我先に逃げまどって、討たれた者、焼け死んだ者は数知れなかった。曹操軍は、しっぽをまいて都に逃げもどった。おれたちの大勝利だった」

戦いが終わって、張飛をはじめ諸将が新野の城にもどると、祝宴の準備がすでにととのっていた。すべてが、孔明のことばどおりに運んだのだった。

「それからは、孔明軍師のいうことを疑う者は、だれひとりとしていなかった。孔明軍師は、おれたちにとって、かけがえのない人になったんだ」

張飛は、小枝をたき火につっこみながら、話を終えた。
「ふうん。そうだったんだ」
夏花は、納得したようにうなずいた。
蒼太はその話は知っていたが、張飛から直接聞くと、やはり感動した。けれど、それにしては張飛が孔明にぞんざいな態度を取るのが、不思議だった。
そのとき、立木につないである馬とロバが、急にさわぎだした。おびえたような鳴き声を上げ、さお立ちになって宙を蹴っている。
「なにか来たようですね」
孔明が目をさまして、半身を起こした。
と、闇の中に金色の目が光った。ふたつ、四つ、六つ、八つ……。
「狼だ」
張飛が、蛇矛を手にして身がまえた。
「火を絶やすな」
蒼太と夏花は、あわてて小枝を火にくべた。炎がぱっと燃え上がった。
「おれの蛇矛を獣の血でよごすわけにはいかん。たたきのめしてやるわ」

火を背にした張飛は、蛇矛を逆手に持つと、闇に向かって叫んだ。

「さあ、こい！」

叫びに応ずるかのように金色の目が動き、闇の中から一頭の狼がおどりでてきた。牙をむきだして張飛に飛びかかった。蛇矛がすばやく動き、狼はたちまちたたきふせられた。

つづいて二頭、三頭とおどりでてきたが、いずれも蛇矛でたたきふせられ、あっという間に四頭の狼が張飛のまわりにころがった。

「とっとと失せろ」

張飛が、蛇矛の柄の先で腹や足をたたくと、狼たちはよろよろと起き上がり、しっぽを垂れて足をひきずりながら闇に消えていった。

「ふん。口ほどにもない狼どもだ」

張飛はあざわらった。すると、闇の中からしわがれた声が聞こえてきた。

「あんた、強いのう」

「だれだ！」

張飛はふたたび蛇矛を構えた。夏花も蒼太も孔明も、じっと闇を見すえた。

「わしか」

闇をわけるようにして、全身白い毛におおわれた一頭の狼が姿をあらわした。やせて骨ばり、白い毛もところどころはげている。年取った狼のようだ。首にひもをかけていて、ひもの先には、小さなふくろがさがっていた。

「わしは、狼婆じゃ」

白い狼は、しわがれ声でいった。

「き、きさま、人語をしゃべるのか」

張飛がぶるっとふるえた。

「さては、よ、妖怪か⁉」

「まあ、そんなようなものじゃ」

狼婆はうなずいた。

「どうしたな、豪傑。狼には強いが、妖怪には弱いのかの」

「う、うるさい。妖怪に用はない。さっさと消えろ！」

張飛は蛇矛をかまえながら、じりっとあとずさりした。

「まあ、そういうな。これでも

親切でってきてやったんじゃから」
「親切でって、どういうこと？」
張飛にかわって、夏花が前にでた。
「そっちの若い人のことだよ」
狼婆は、孔明に向かってあごをしゃくった。
「どうやらぐあいが悪そうじゃないか。こんなところにいたら、悪くなるばかりじゃ。で、薬と飯と寝床を用意してくれるところに案内してやろうと思ってな」
「ふん。妖怪のいうことなんぞ、あてになるもんか」
張飛がぷっとつばを飛ばした。
「どうせ、おれたちをどこかへひきずりこんで、食っちまうつもりだろう」
「ふふ。これでもわしがあんたたちを食えると思うのかい？」
狼婆は、大きく口をあけて、歯をむきだした。歯は何本も欠けていて、口の中はすかすかだった。
「薬があれば助かるんじゃない？」
蒼太は、狼婆は信用できるような気がした。

「ねえ、孔明さん」
「そうだな」
孔明は弱々しくうなずいた。
「とにかく、この腹痛を早く治したい」
「じゃあ、せっかくだから、狼婆さんのお世話になりましょ」
夏花がいった。
「それがよい。なに、そんなに遠いところではないから、しばらくのしんぼうじゃ。わしについてきなされ」
そういって、狼婆は背を向けた。

二

馬は孔明を乗せて張飛がひき、ロバは蒼太がひいた。夏花はペンライトをつけて、蒼太の前を行った。こっちの世界に来るときに、信助のおじいさんの佐山博士から渡されたものだ。

山道はせまく、くぼみや石がうまっているところがけっこうあって、歩きにくいうえにつまずきやすい。戦場を行き来している張飛は、こんな道には慣れているのか、ふだんの足どりでのっしのっしと歩いていく。夜目もきくようだ。

蒼太と夏花はそうはいかない。木立のあいだから月の光がもれてくるが、足もとまではとどかない。ペンライトの光だけがたよりだから、何度もつまずきそうになった。

「足もとに気をつけなさい」

先頭に立った狼婆は、ときどきうしろをふりかえって注意した。

そうやって半時（一時間）ばかり山中を歩くと、ふいに木立が切れて、目の前がひらけた。そこはがけの上で、目の下に黒っぽい屋根が、月の光をあびてかさなりあっていた。

「この村に、わしの孫がいる」

狼婆がいった。

「わしは、ひとめ孫に会いたくて、遠い山からやってきたんじゃが、会えずにもどらなければならんようじゃ」

「どうして？」

夏花がたずねた。

「村の入り口に、呪い札が取りつけてあっての、わしらのようなもんははいれないんじゃ。それに、この山ではわしはよそ者で、見つかったら殺されかねないんじゃよ。だから、そろそろもとのところにもどらなければならんのじゃ」

狼婆は、さびしそうに答えた。

「それはともかく、あんたたちの行く家は、村のはずれにある陳という家じゃ。大きな桑の木が家の前に植わっておるから、すぐわかるじゃろう。わしの首にさがっているふくろを取ってくれんか」

「これだね」

蒼太が、狼婆の首からひもをはずして、ふくろを取った。てのひらにのるくらいの小さなふくろで、すりきれてはいるが、龍のもようのししゅうがしてあった。

「それを家の者に見せて、わしのことを話せば、親切にしてくれるはずじゃ。ではな」

狼婆は、くるっと背を向けて、走りさった。
「なかなか親切な妖怪だ。妖怪がみんなあんなふうだといいんだがな」
張飛が、あとをふりかえりながら、ぼそりとつぶやいた。
がけには細い道がついていて、下におりられるようになっていた。張飛が慎重に馬をひいて下り、夏花と蒼太があとにつづいた。
がけをおりてしばらく行くと、村の門があった。門をくぐり、寝静まった村の中を通りすぎ、はずれまで来た。狼婆のいったとおり、大きな桑の木が一本夜空にそびえていて、そのうしろに一軒の家があった。
「こんばんは、こんばんは」
夏花が何度か戸をたたいたが、起きてくるようすはない。
「おれがやってみよう」
夏花にかわって、張飛がどんどんと家がゆれるほど強く戸をたたき、
「起きろ、起きろ、起きないか！」
と、破れ鐘のような声でどなった。
たちまち家の中が明るくなり、四十歳ぐらいの男が、灯りを持ってそろそろと

戸をあけた。
「どなたさまでしょうか」
男は、おびえたように張飛を見上げた。
「おたくは、陳さんですね？」
夏花がたしかめた。
「ええ。そうですけど——」
「よかった。急病人がでて、困っています。ごめいわくでしょうけど、今晩ひと晩、泊めていただけないでしょうか」
「さあ」
陳は、張飛をちらちら見ながら、おそるおそる首をふった。
「あいにく、せまいもんで、お泊めできる部屋がありません」
「あのう、これをあずかってきたんですけど」
蒼太が、狼婆の小ぶくろを陳に見せた。
陳はいぶかしげにさしだされた小ぶくろに目をそそいだが、つぎの瞬間、顔色を変えて蒼太の手からひったくった。

「こ、これを、ど、どこで？」
「じつは、山の中で白い狼に出合って……」
蒼太が説明しようとすると、陳はあわてて手をふり、
「と、とにかく、はいってください。話は中で聞きます」
と、なにかを恐れるように、あたりを見まわしながらうながした。
裏庭の立木に馬とロバをつなぎ、みんなは家にはいった。部屋がないといったのは断る口実だったらしく、あいている部屋がひとつあり、そこへ孔明を寝かせて薬をあたえると、陳は蒼太と夏花と張飛を居間に案内した。陳の妻らしい女が茶をいれて三人にくばった。
「さあ、聞かせてください、この小ぶくろを手にいれたわけを――」
三人がお茶を飲みおえると、陳は、小ぶくろをしっかりと手に握って、待ちかねたようにうながした。
蒼太が、狼婆に出合ったいきさつから、小ぶくろを受け取ったところまで話しおえると、陳はぼろぼろとなみだを流し、妻は着物のそでで目をぬぐった。
「これは、わたしのおふくろの守りぶくろです。あなたがたが出合った白い狼は、

わたしのおふくろにちがいありません」

なみだをぬぐって、陳は話しはじめた。

陳の母親は七十歳で、親切でやさしく、だれからも好かれていた。ふたりの孫をかわいがり、孫も「婆、婆」となついていた。

ところが、三年前、とつぜん両腕に白い毛が生えはじめた。

「どうしたんだろうねえ」

首をひねっていると、白い毛は腕だけではなく、腹や胸、背中、手や足にもしだいにひろがっていった。

なにかの病気かと思ってさまざまな薬を飲んだり、ぬったりしてみたが、効き目はない。そうこうしているうちに、それまではしゃんとしていた背中や腰がまがり、立って歩けなくなってしまった。

そして、ある日のこと。

母親の部屋でうめき声がするので、行ってみると、全身長さ一寸（三センチ）ばかりのふさふさとした白い毛におおわれ、しっぽを生やした母親が横たわってうめいていた。

おどろいて見ていると、母親の顔が変わりはじめた。体と同じように顔いちめんに白い毛が生えてきたかと思うと、耳がぴんと立ち、鼻がきゅうーっと長くのびた。口が左右に大きく裂け、白くとがった歯がむきだしになった。手足の爪が長くのび、かぎのようにまがった。

うめき声がやんだ。母親はすっと四本の足で立ち上がった。そこにいた

のは、一頭の白い狼だった。狼は、金色の目を光らせると、さっと部屋を飛びだし、そのままどこへともなくかけさっていった。

それからひと月ばかりのち。

ある夜、がりがりと戸をひっかく音とともに、

「わしだよ、あけておくれ」

という声がした。

「おふくろ！」

おどろいて陳が戸をあけると、目の前に白い狼が立っていた。首に、母親がつけていた守りぶくろをさげている。

「わしは、狼婆という妖怪になってしまった。たぶん、前世でなにか悪業（悪い行い）をしでかして、そのむくいを受けたんじゃろう。こんな姿をひとに見られたくなかったので、遠い山に逃げたが、お前たちに会いたくて、もどってきた」

狼は、陳や妻、ふたりの孫たちを前にして、そう語った。陳と妻は泣き、ふたりの孫は、「婆、婆」と、狼にすがりついた。

狼婆は、それからひと月か半月ごとにみんなに会いにやってきた。ところが、

それを知った近所の者たちが、妖怪が村にいるのをきらい、刀や弓矢で殺そうとした。それでも狼婆は、夜こっそり会いにきた。そこで村の人たちは、妖怪封じのお札を村の門に取りつけた。それで、狼婆は村にはいれなくなってしまったのだった。

それっきり、狼婆は村に姿を見せなくなった。

「それから三年、おふくろはどこでどうしているかと、考えない日は一日とてありませんでした。それが、こんな近くまで来ているとは——。ひと目でもいいから会いたい……」

陳は、なみだをあふれさせた。妻ももらい泣きしている。

部屋には、いつの間に来たのか、八歳ぐらいの女の子と六歳ぐらいの男の子がいた。狼婆の孫だろう。

「婆に会いたいよう」

「婆に会いたいよう」

話を聞いていたのか、ふたりは大きな声で泣き叫んだ。

三

「蒼太、相談があるの」
あくる朝、夏花がなにか考えこんだようすで、蒼太に声をかけた。
「なんだい」
「今日一日、出発をのばしたいんだけど」
「どうしてさ」
「だって、狼婆さんがかわいそうじゃないの。せっかく家の近くまで来てるのに、家族の人たちに会えないなんて」
夏花は、くすんと鼻を鳴らした。
「だから、助けてあげたいのよ」
「どうやって助けるんだい」
「かんたんよ。村の門に取りつけてあるっていうお札を、あたしたちが、今夜、こっそりはずしておいてやれば、狼婆さん、村にはいれて、お孫さんたちに会えるじゃない。お札は狼婆さんが帰ったあと、もとどおり取りつけておけばいいし」
「だけど、狼婆は、そろそろもとのところにもどるっていってなかったっけ」
「だから、急いで山へ行って、会って話さなければならないのよ。ね、そうしてあげようよ」
「そうだなあ」
蒼太は考えこんだ。もちろん、蒼太も狼婆に力を貸してやりたい。けれど、この旅はただの旅ではない。早く呉の国に着いて、赤壁の戦いの準備をしなくてはならないのだ。孔明も張飛も、なんだかのんびりしているとはいえ、一日むだにするのは、やはりまずいにちがいない。
「とにかく、孔明さんと張飛さんに話をしてみよう」
蒼太はいった。
「だめだといったら、あたしだけあとにのこるからね」
夏花は、そういって、きゅっとまゆを上げた。絶対に自分の意思を通すつもりのようだ。

ふたりは、孔明と張飛に話をした。

「ちょうどいい。わたしもまだ完全に体調がもどってないから、もう一日ゆっくりしたいと思っていたところだ」

「あの妖怪は、おれたちに親切にしてくれたから、恩返しをするのもいいかもしれん」

話を聞いた孔明と張飛は、拍子抜けするほどあっさりと、出発をのばすのを承知してくれた。

——これでいいのかなあ。

ふたりの態度に、蒼太はちょっぴり不安になったが、とにかく狼婆を助けることができそうなので、ほっとした。

朝ご飯を食べたあと、夏花と蒼太は、山に向かった。ゆうべのがけをのぼって山にはいると、

「狼婆さーん！」

「狼婆さーん！」

とよびながら、ゆうべの道をたどっていった。とりあえずゆうべの空き地まで行っ

てみるつもりだった。その途中で狼婆に出合えるかもしれない。
「狼婆さーん、どこにいるのう。でてきてちょうだーい！」
「話があるんだあ。とってもいい話だあ。お孫さんに会えるぞう！」
ふたりは、かわるがわるよびかけながら、歩きつづけた。
半時（一時間）ほどそうやって山中を歩いていくと、とつぜん行く手が大きな岩でふさがれてしまった。
「こんな岩、ゆうべはなかったわよねえ」
夏花が蒼太をふりかえった。
「ああ」
蒼太はうなずいた。
「途中で道をまちがえたんだ」
「もどりましょう」
ふたりは、来た道をもどりはじめた。
ところが、右にまがり、左に折れたりしているうちに、また道をまちがえたらしく、けもの道のような細い道にでてしまった。

「この道もちがうみたいだ。どうしよう」
「とにかく、進むしかないわよ」
ふたりは、不安な顔を見あわせながら、その道をそろそろと進んでいった。
しばらく行くと、樹林にかこまれた空き地にでた。
「ここよ。ほら、見て！」
夏花が叫んで、空き地の中ほどにかけよった。昨夜のたき火のあとが残っている。狼婆は、きっと、この近くにいるにちがいない。
「狼婆さーん」
「狼婆さーん！」
ふたりは声をそろえて叫んだ。
すると、前方のしげみがガサッとゆれた。
「狼婆さん？」
夏花が声を上げた。
だが、しげみからあらわれたのは、狼婆とはちがう狼だった。
「こっちもだ！」

蒼太が、うしろをふりかえって叫んだ。そっちのしげみからも、狼がでてきた。つづいて左右のしげみがゆれ、二頭の狼が姿をあらわした。

蒼太と夏花は、たちまち前後左右を四頭の狼に取りかこまれた。片目がつぶれていたり、耳がちぎれていたり、足をひきずったり、どの狼も体のどこかしらに傷を負っていた。どうやら、昨夜張飛にたたきふせられた狼たちのようだ。

狼たちは、牙をむきだし、うなり声を上げながら、じりじりと輪をせばめてきた。夏花と蒼太は、ふるえ上がって体をよせあった。

一頭の白い狼が左手のしげみから飛びだしてきたのは、そのときだった。

「狼婆！」

「狼婆さん！」

狼婆は、狼たちの輪を飛びこえて、夏花と蒼太の前におり立った。

「大丈夫。わしにまかせなさい」

狼婆は、安心させるようにいうと、狼たちに向きなおると、低いうなり声を上げた。

四頭の狼は、ばねじかけの人形のようにはね上がって、いっせいに狼婆に襲いかかった。狼婆は、右に左に体をおどらせて攻撃をかわし、牙をむきだして反撃した。

組んずほぐれつのはげしい戦いがしばらくつづいたが、四頭に一頭では勝負にならない。四頭の狼がぱっと飛びさがると、狼婆が血まみれで地面に倒れていた。狼たちは、とどめを刺そうと、頭を低くし尻を高く上げた。

そのとき、樹林のあいだから鋭いほえ声が上がった。狼たちは、はっとしたようにかまえをといた。右手のしげみがゆれて、すばらしく大きな狼が姿をあらわし

た。四頭の狼は、頭をたれ、尾をうしろ足のあいだにはさみこんだ。従うしるしだ。

大狼は、ゆっくりと倒れている狼婆に歩みよった。じっと見おろし、ふた声み声、うなり声を上げた。狼婆が、頭を持ち上げて、うなり声を返した。すると大狼は、向きをかえてその場をはなれ、しげみの中に歩みさった。四頭の狼がそのあとにつづいてしげみに消えた。

蒼太と夏花は、金しばりがとけたように、狼婆にかけよった。

「大丈夫かよ」

「しっかりして」

ふたりは、血だらけの狼婆を抱き起こした。

「なんの、これしきの傷」

狼婆は、よろよろと立ち上がると、ぶるんと体をふった。血が水滴のように飛びちった。それから、舌でていねいに傷口をなめはじめた。

「それより、あんたたちは、なんでまたのこのこ山にやってきたんじゃ」

傷をなめおえると、狼婆は、不審げにふたりを見やった。

「わしの教えた家が見つからなかったのかの」
「そうじゃないのよ。じつはね……」
夏花が首をふって、自分たちの計画を話して聞かせた。
「おお、おお、ありがたや、ありがたや」
狼婆の目からなみだがこぼれた。
「だから、夜になったら村の門のところまで来ていてほしいんだ」
蒼太がいった。
「でも、その傷で大丈夫かなあ」
「なんの、孫たち会えると思えば、どんな痛みにも耐えられるわい」
「ねえ、狼婆さん。さっきの大きな狼は、なんだったの？」
夏花が聞いた。
「あれは、この山の狼の群れの頭じゃよ。よその山の狼は、この山にははいれん。見つかれば殺されても文句はいえんのじゃ。わしは、こっそりかくれて見つからないようにしておったんじゃが、一度あの頭に見つかってしまった。わしは、事情を話した。すると頭は、わしをあわれんで、殺さずに助けてくれた。そして、十日のあいだこの山にいていいといってくれた。そのかわり、十日をすぎたらかならず殺すといわれた。明日がちょうどその十日めで、明日じゅうに山からでていけと、さっきいわれたんじゃ」

「それで、なんて答えたの？」

「明日かならずでていきますと答えたんじゃよ。とにもかくにも、あんたたちのおかげで、孫に会えてもどれそうじゃ。こんなうれしいことはない。ありがとうよ」

狼婆は、何度もふたりに頭をさげた。

それからふたりは、村を見おろすがけの上まで、狼婆に送ってもらった。

「では、今夜ね」

「村の門のところで待ってるよ」

夏花と蒼太が念をおすと、狼婆はうなずき、足をひきずるようにして、山に消えた。

四

その夜おそく、村人たちが寝静まったころ、夏花と蒼太、それに張飛の三人が陳の家をそっとぬけだした。孔明は、陳からもらった薬を飲んでねむっていた。

三人は、足音をしのばせて月明かりに照らされた村を通りぬけ、村の門までやってきた。門といってもたいそうなものではなく、二本の朱ぬりの柱の上にかんたんなかわら屋根をのせただけのものだった。朱ぬりの柱はあちこちはげかけていて、まだらもようになっている。

その二本の柱のなかほどに、細長い木の札がそれぞれ打ちつけてあった。木札にはなにやら記号のような文字が墨で書きつけてある。二枚とも同じ文字だ。

「こんなものが妖怪よけになるのかねえ」

張飛は首をかしげながら、二本の柱から木札を釘ごとひきはがした。張飛の手にかかれば、こんなことは朝飯前だ。張飛にいっしょに来てもらったのは、このためだった。

「さてと。もう一度こいつを打ちつけなくちゃならんから、すてるわけにもいかんな。どこか、村の外の草むらにでもおいておくとするか」

張飛は門の外にでていき、しばらくしてもどってきた。

「狼婆はまだ来てないようだな」

蒼太と夏花はうなずいて、心配そうに門の向こうを見つめた。

「なにかあったのかな」

「もしかして、またほかの狼に見つかって、襲われたりして……」

村に通じる道は、七、八間ほどまっすぐのびていて、月明かりに照らされていたが、その先は左にまがっていて見えなかった。

「まあ、もう少し待ってみよう」

なぐさめるように張飛がいったとき、まがり角にぽつりと黒い影があらわれた。

「来た！」

「狼婆さんよ！」

影は、青白い月明かりをあびながら、ゆっくりと門に近づいてきた。

「待たせてすまなかったの」
門の前まで来ると、狼婆は三人に頭をさげた。
「傷が少し痛んでの、休み休み来たもんじゃから」
「そうだったの。心配しちゃったわ」
「なにかあったかと思ったちゃった」
夏花も蒼太もほっとした。
「それで、村へはいれるんじゃろか」
狼婆は、首をのばして、不安げに村のほうをうかがった。
「大丈夫だ」
張飛がうなずいた。
「ほら、見てみろ。札は門からはずしてあるだろう」
「おお、ほんに。むすこも嫁も、村の者に遠慮して、札をはずせなかったんじゃ。見つかったら村を追いだされるでな。それでわしも、息子たちにめいわくをかけまいと、遠い山にさったんじゃよ」
話しながら、狼婆は村の中に足をふみいれた。一歩一歩たしかめるように歩いていく。

張飛が先頭を行き、蒼太と夏花が狼婆の両側に立って、狼婆を隠すようにしながら、三人は村の中を進んでいった。

どの家も月明かりの中にひっそりとしずんでいて、物音ひとつしない。それでも用心して足音をしのばせ、あたりに気をくばりながら、進みつづけた。

ようやく、陳の家の前の桑の木が見えてきた。ほっとしたとたん、少し先の家の戸ががらりと開いて、男がひとりでてきた。狼婆は、すばやく近くの物かげに走りこんだ。三人は、なにくわぬ顔で、そのまま歩きつづけた。

「おんや、陳さんとこのお客人かね」

男は、近づいてくる三人を見て、いった。昼間、山からもどった蒼太と夏花は、村の中をぶらぶら歩いていたので、近所の者たちに顔を知られていた。

「こんな真夜中に、いったいどうしたんかね」

男は首をかしげた。

「あ、あの、あんまりお月さまがきれいなんで……ちょっと散歩にでたんです」

夏花があわてていった。

「そうかね。月なんて、わしらには、めずらしくもなんともないが。物好きだの」
男はあきれたようにいうと、通りをよこぎって立木にじゃあじゃあと小便をひっかけ、もどってくると、
「ほな、おやすみ」
ぴょこんと頭をさげて、家の中にひっこんだ。
「あれは孫といって、わしのむすこの友だちでな、子どものころはようかわいがってやったもんじゃが、わしが狼になってからは、村の者の先頭に立ってわしを追いだそうとしたものじゃ」
物かげから走りもどってきた狼婆が、悲しげにささやいた。
「まあ、人間いろいろあるからな。そういうやつもおるし、こうして妖怪のお前を孫に会わせようとする者もおる。世の中、それでもっておるんだ」
張飛が、ひげをしごきながら、いった。
陳の家に着くと、夏花がほとほとと戸をたたいた。
「陳さん、もどりました」
待ちかねたように戸がひらいた。狼婆が影のようにするりとはいり、つづいて

蒼太たちがはいりおえると、陳はまわりを見まわし、だれも見ていないのをたしかめてから、そっと戸をしめた。それから、狼婆に向き直った。

「おふくろ、達者だったか」

「お前もな」

陳は腰をかがめて、狼婆を両手で抱いた。狼婆は頭を陳の肩にすりよせた。

ふたりはしばらくそうやっていたが、やがて陳が立ち上がった。

「行こう。みんな待ってる」

灯りのともった居間には、陳の妻とふたりの子どもがいた。

男の子と女の子は、狼婆を見るなり走りよってきて、

「婆、会いたかったよう」

「会いたかったよう、婆」

と、むしゃぶりついた。

「わしもじゃ」

狼婆は、長い舌でふたりの頬をなめようとしたが、そこで気力がつきたのか、どたりと横倒しになった。昼間受けたいくつもの傷から血が流れだしていた。

蒼太と夏花も手伝って、それから狼婆の手当をした。お湯で傷口をきれいにあらい、薬をすりこみ、布切れで肩や腹、足に包帯した。

手当を終えて布団に寝かせてやると、狼婆は、

「ああ、わしは幸せ者じゃ」

とつぶやいて、目をとじた。

まくらもとでは、陳と妻、そして子どもたちが、じっと見まもっている。

「行きましょう」

夏花が蒼太のそでをひき、まくらもとでじっと狼婆を見ま

もっている陳と妻、子どもたちをのこして、そっと部屋をでた。
自分たちの部屋にもどると、孔明が目をさましていた。
「どうだった？」
心配そうに聞くので、夏花がようすを話してやると、
「それはよかった」
ほっとしたように笑みをうかべた。孔明も気にしていたのだろう。
「よかった、よかった」
張飛もひげづらをほころばせた。
それから一時（二時間）ほどたったころ、陳が蒼太たちのところにやってきた。
「このたびは、いろいろとありがとうございました」
陳は両膝をつき、両手を胸の前で組み合わせて深々と頭をさげた。
「おかげさまで孫にも会えて、おふくろも感謝しております。そろそろ夜も明けますので、だれにも見られないうちに山にもどらなければなりません」
「わしらが門まで送っていこう。札をもとにもどしておかなかればならんからな」
張飛がいった。

「わたしも行こう」
孔明が起き上がった。
「孔明さん、大丈夫？」
夏花が心配した。
「ああ。陳さんの薬のおかげで、すっかりよくなったよ」
孔明は、にこりとわらった。
一同は、狼婆をかこむようにして、外にでた。手当を受け、孫たちとも再会できた狼婆は、元気を取りもどし、足どりもしっかりしていた。
やがて、村の門に着いた。張飛がお札を取りに行き、夏花と蒼太と孔明は、門の外まででて狼婆を見送った。
「元気でね」
「がんばって」
夏花と蒼太は、歩みさっていく狼婆に手をふった。
「本当にありがとうございました。これで心おきなく山にもどれますじゃ」
狼婆は、何度も何度も頭をさげると、三人に背を向けて、とぼとぼと歩きだし

た。すると、

「ちょっと待って」

孔明が声をかけて、走りよった。そして、立ち止まった狼婆の耳に何事かささやいた。すると、狼婆が孔明に飛びついて、顔をべろべろなめまわした。

「わかった、わかった」

孔明はわらいながら狼婆をひきはがした。

「さ、もう行きなさい」

狼婆は、さっきとはうってかわった軽い足取りで、小走りにさっていった。

「ねえ、狼婆さんになにをいったの？」

もどってきた孔明に、夏花がたずねた。

「じつはね――」

孔明が口をひらきかけたちょうどそのとき、張飛がもどってきた。

「やれやれ。さっきおいたところをわすれちまってな、さがしだすのに苦労したぜ」

張飛はにがわらいして、手にしたお札をふりまわした。

「さてと、もう一度こいつを取りつけなくっちゃな」
「ああ、それはもう必要ありませんよ。燃やしてしまえばいい」
孔明がいった。
「なぜだ。こいつを取りつけておかなくっちゃ、村のやつらにあやしまれるだろうが」
張飛が大きな目玉をぎょろりとさせた。
「そうよ」
「そうだよ」
夏花と蒼太も、なにをいっているんだといった顔つきで、孔明を見た。
「なに、こっちをつけておけばいいんだ」
孔明はそういって、ふところから二枚の木札を取りだした。二枚とも、張飛が手にしている呪い札とそっくり同じだった。
「昼間、気分がよくなったので、夏花たちが山に行き、張飛どのが昼寝しているあいだに、陳さんにたのんで、古い板を呪い札と同じ大きさに切ってもらい、門まで行って、呪い文字をそっくりまねて書いておいたのさ。ただし、一字だけ変えてね。墨をうすめて、文字をかすれさせるのにちょっと苦労したよ。これを本物のかわりに取りつけておけば、もう呪いはきかない。そのことをさっき狼婆に教えてやったんだ。『孫に会いたくなったら、また来ればいい。ただし、くれぐれも村の者に見つからないように』ってね」

「うーむ。さすがに軍師だ。おれたちとちがって、目先のことだけじゃなく、先々のことまで見すえておるわい」

張飛が、ひげをしごいてうなった。

「孔明さん、すてき！」

夏花が、うっとりと孔明を見上げた。

「い、いやあ、それほどでもないさ」

孔明は少年のように顔を赤くして、照れた。

蒼太は、そんな孔明を見ながら、たよりないようにみえるけど、やはり孔明には表にはあらわれない深い知恵がひそんでいるのだと思った。

——大丈夫。赤壁の戦いはかならず実現する！

確信がわいてきた。空を見上げると、東の方が明るんでいた。

変顔（へんがん）を追いかけて（二）

「大きいねえ、おじいちゃん」

「うむ、大きい」

佐山信夫と佐山博士は、思わず声を上げた。ふたりの目の前には、銀色に光るドーム型の建物がそびえていた。N町の郊外に新しく建設された妖怪刑務所だ。

二日前、信夫と博士は、三国志の予言書の巻物をうばって逃げた中国の妖怪・変顔を追って、N町にやってきた。けれど、変顔は妖怪管理局の妖怪ハンターに捕まり、この妖怪刑務所にいれられてしまったのだ。

しかも、捕まえた妖怪の持ち物は、出所するまで刑務所であずかるのが規則だということで、巻物は返してもらえなかった。博士は、妖怪管理局まで行って交渉したが、うまくいかなかった。

一刻も早く巻物を取りもどさなければ、大変なことになる。佐山博士は決心した。

「こうなったら、刑務所長と直接交渉するしかない。こっそりお金を渡して、巻物を返してもらおう」

「ワイロってこと？」

「そうじゃ。見つかれば、ワイロを贈ったほうも受けとったほうも罪になる。だが、たとえ罪になろうとも、なんとしても歴史を救わなければならんのじゃ」

佐山博士は、きっぱりといいきった。

というわけで、今、ふたりは妖怪刑務所の前にいるのだった。

ふたりが刑務所に向かって歩きだそうとしたときだった。

「ちょっと、あんた、信助じゃない」

だれかが信夫をよびとめた。ふりかえると、昔ふうの着物を着た女の人と、ひょっとこのお面のような顔をした男の子が少しはなれたところに立っていた。

「ろくろっ首のお六さんに、火吹き小僧じゃないか！」

信夫はかけよった。江戸時代にタイムスリップしたときに出合った妖怪たちだ。一度、妖怪専用のタイムトンネルを通って、こっちの世界にやってきたこともある。

「どうしてこっちへ？」
「豆腐小僧が、めんどうなことになっちまってね」
お六が話しだした。豆腐小僧なら、信夫も知っていた。蒼太とお夏と三人で、妖怪ハンターから助けてやったことがある。
「あいつ、ゆくえ不明の妹をさがしに、トンネルを通ってこっちへ来たんだけど、捕まってここの刑務所にいれられてしまったのさ。だから、あたしたちが助けに来たんだ。それより、あんたは、なんでこんなところにいるんだい」
「うん。それがね――」
信夫はわけを話した。
「ふーん」
話を聞いたお六は、ちょっと考えていたが、火吹き小僧となにやらささやきあって、信夫に顔をもどした。
「あんた、あたしたちといっしょに刑務所にはいって、その、巻物とかを取ってくればいいんじゃない」
「えっ、おれが刑務所にはいるの？」
信夫は、おどろいて聞きかえした。

「そう。あたしと火吹き小僧は、わざと捕まって刑務所にはいるつもりなのさ。そして、火吹き小僧が火を吹いて火事さわぎを起こし、そのどさくさにまぎれて、豆腐小僧を助けだすって寸法さ。だから、あんたもあたしたちの仲間のようなふりをして刑務所にはいって、さわぎのあいだに巻物をさがせばいい」

「そんなにかんたんにいくかなあ」

信夫が首をかしげた。

「警備も厳重だろうし……」

「大丈夫だよ」

火吹き小僧がいった。

「この刑務所は、できたばっかりで、まだ警備体制も十分にととのってないんだ。ほかの刑務所が満員なんで、とりあえず、害のない妖怪をいれておくことにしてるらしい。警備員も新人が多いし、おれの火でもなんとかなるよ」

火吹き小僧は、いろいろ調べてきたようだ。

「おじいちゃん、どう思う?」

信夫は佐山博士を見た。

「そうさな。ワイロがはたしてうまくいくかどうかわからんし……」

博士は、あごをなでながら信夫を見かえした。
「お前はどうだ。やる気はあるのか」
「もちろんだよ！」
信夫はきっぱりとうなずいた。
「よし。それならその作戦でいこう。巻物は、たぶん刑務所の保管所においてあるにちがいない。場所はこれでさがせばいい」
博士は、上着のポケットからスマホを取りだして、信夫に渡した。おとといタクシーにおきわすれたが、タクシー会社に連絡して取りもどしたのだ。巻物には発信器のチップがついていて、スマホの画面に緑色の信号が点滅するようになっている。
「でも、刑務所で身体検査でもされたら、すぐ見つかっちゃって、取り上げられるよ」
「ちょっと貸してごらん」
お六が、信夫の手からスマホをひょいと取り上げて、結い上げた髪の中に隠した。
「ここに入れておけば、見つからないさ。髪に手をかけようとしたら、こうやって調べさせないようにするから、安心しな」
お六は、ひょろりと首をのばしてみせた。
「さすがはお六ねえさん」

火吹き小僧がわらった。
「じゃあ、行ってくるよ」
信夫は、佐山博士に手をふって、お六たちと刑務所の正門に向かった。
正門の前までくると、
「妖怪を捕まえるな！」
「妖怪をときはなせ！」
「妖怪に自由を！」
お六はひょろりと首をのばし、火吹き小僧はぼっ、ぼっと口から火を吹き、信夫はこぶしをつき上げていっせいに叫びたてた。
これがお六たちの作戦で、こうやってさわげば、中から警備員が飛びだしてきて、捕まえるにちがいなかった。
くりかえし叫びながら、正門の前を行ったり来たりしていると、門がからっとあいて、五人の警備員が飛びだしてきた。
「さわぐな！」
「おとなしくしろ！」
「逃げると撃つぞ！」

警備員たちは、光線銃をかまえて、三人を取りかこんだ。
「逃げないから、撃たないでおくれよ」
「撃っちゃだめ」
「撃つな」
三人は、あっさりと両手を上げた。作戦どおりだ。
警備員たちは、三人に手錠をかけると、刑務所の所長室につれていった。
「ろくろっ首に火吹き小僧か。お前は？」
所長は、信夫に目を向けた。
「座敷童です」
信夫は、目をしょぼしょぼさせて、いった。あやしまれるとまずいので、めがねは佐山博士にあずけてきたのだ。
「ふん。けちな妖怪どものくせに、こともあろうに妖怪刑務所の前でさわぎを起こすとはな」
所長はあきれたようにいって、
「こいつらを監房にほうりこんでおけ」
と命じた。

三人は、電子キーを首からさげた看守にひきつれられて、監房に向かった。大きなぶあつい鉄の扉がひらくと、その向こうに広い通路がのびていた。通路の両側には鉄格子のはまった監房がずらりとならんでいて、その中にたくさんの妖怪たちがとじこめられていた。

「火吹き小僧、用意はいいかい」

歩きながら、お六がささやいた。

「いいよ」

火吹き小僧は、こくりとうなずくと、頬をふくらませ、口をとがらせて前を行く看守の背中めがけてびゅーっと火を吹いた。看守の緑色の制服がばっと燃え上がった。

「あちちちちち！」

看守はあわてて火を消そうとばたばたやったが、火はたちまち燃えひろがり、あっという間に火だるまになって、ばったり倒れてしまった。

すると、火吹き小僧は口をすぼめて大きく息を吸いこんだ。燃えていた火が一本の矢のようになって火吹き小僧の口に吸いこまれた。看守は気絶しているだけで、制服も焼けこげてはいない。火吹き小僧の吹く火は、〝あやかしの火〟で、本物の火じゃないのだ。

「やったね」

お六が、看守の首から電子キーを取り上げると、自分と火吹き小僧と信夫の手錠を解錠した。そして、

「早く巻物をさがしておいで」

髪の中からスマホを取りだして信夫に渡し、

「豆腐小僧、助けにきたよ！　ほかのみんなもでておいでえ！」

と叫びながら、監房のかぎをつぎつぎにあけていった。

豆腐小僧をはじめ監房にとじこめられていた妖怪たちが、わあっと歓声を上げて飛びだし、通路はたちまちさまざまな妖怪たちであふれた。非常ベルがけたたましく鳴りわたり、警備員がばらばらと飛びだしてきて、光線銃をかまえた。

「近よるな！　やけどするぞ！」

火吹き小僧が、ぼっぼっぼっとつぎからつぎへと火の玉を勢いよく口から吹きだした。火の玉はぶーんと飛んでいって、警備員たちに燃えうつった。

「わあああああ！」

「あち、あち、あちちち！」

「た、助けてくれえ！」

警備員たちは、悲鳴を上げて逃げだした。

「みんな、外にでるんだ。二度と捕まるな！」

お六を先頭に、妖怪たちは一団となって刑務所の出口に殺到した。

一方、信夫は、スマホの画面に目をこらしながら、巻物のありかを必死でさがしていた。画面に点滅する緑色の信号がみちびいてくれるはずだったが、めがねをかけていない信夫の目には、緑色の点がにじんではっきり見えないのだ。

妖怪であふれた通路をあちこち動きまわったあげく、ようやく信夫のぼやけた視界にも、信号がはげしく点滅していることがわかる場所にたどりついた。巻物が近くにあるしるしだ。そこは地階へおりる階段のところだった。保管所は地階にあるにちがいない。

信夫は、慎重に階段をおりはじめた。半分ほどおりたところで、下から勢いよく上がってきた男にぶつかりそうになった。あぶなくよけたが、男が持っていたバッグの角がスマホにあたっておとしそうになった。男はそのままかけ上がっていった。緑色の制服を着ていた。保管所にいた看守だろう。上のさわぎを聞きつけて、応援に行ったにちがいない。

信夫はスマホを持ちなおして、画面に目をやった。

「あれ!?」
思わず目をこすった。さっきまではげしく点滅していた緑の信号が、点になり、しかも画面上を移動しているのだ。巻物がどこかへ持ちさられようとしている！
「今の男……」
信夫ははっとした。
「変顔だ！」
ほかの妖怪たちと監房を飛びだした変顔は、すぐさま保管所にかけつけ、係の看守を襲って巻物のはいったバッグをうばい、看守の制服を着こんで顔を変えたのだ。そうすれば、見とがめられずに刑務所からでられる。
信夫は、階段をかけ上がった。妖怪たちといっしょに刑務所の外に走りでた。
刑務所の前では、警備員と妖怪たちがもみあっていた。光線銃で撃たれて倒れる妖怪もいれば、ぎゃくに光線銃をうばって警備員を撃つ妖怪もいる。ののしり声や叫び声がわんわんとあたりにこだました。
佐山博士は、もみあいから少しはなれた木の下に立っていた。
「おじいちゃん！」
信夫は博士のもとにかけよった。

← 3巻へつづく……

「おお、信夫。巻物はどうした？」
「変顔が保管所から持ちだして、逃げてった」
信夫は、スマホを博士に渡した。
「よし。すぐ追いかけよう」
「おじいちゃん、ぼくのめがね」
「おお、そうだったな」
博士は、めがねを信夫に返すと、スマホの画面に目をやりながら、歩きだした。
信夫は、めがねをかけて、刑務所のほうをふりかえった。もみあいはまだつづいている。
——お六さんも火吹き小僧も豆腐小僧もほかの妖怪たちも、みんな、がんばって！
胸のなかで声援を送ると、信夫は博士のあとを追った。

孔明(こうめい)は美女とごちそうが好(す)き

一

狼婆を助けた蒼太、夏花、孔明、張飛の一行は、陳家の人たちに見送られて、村を発った。

「ほんとうにありがとうございました」

「どうか、道中ご無事で」

陳とその妻は、腰をふたつにおり、ふたりの子どもは、

「さようならあ」

「また来てねえ」

と、四人が見えなくなるまで、手をふりつづけた。

「人助けってのは、いいもんだなあ」

張飛が、気分よさそうにあごひげをなでた。

「人助けって、助けたのは妖怪だから、それをいうなら『妖怪助け』じゃない？」

夏花がわらった。
「妖怪が苦手な張飛さんが、妖怪を助けるなんて、信じられなかったわ」
「なに、狼婆なんかは妖怪のうちにはいらんさ。それに、陳家の人たちもおれたちのおかげで狼婆に会えたんだから、やっぱり人助けにちがいないわさ」
張飛は、口をとがらせて、むきになっていいかえした。そのようすが、小さな子どもみたいだったので、蒼太はぷっと吹きだしてしまった。
「それにしても、妖怪が多いなあ」
ゆったりと馬を歩ませながら、孔明がつぶやいた。
「ここんとこ、妖怪に出合ってばかりいる。ひょっとしたら、曹操が送りこんでいるのだろうか」
「それはないだろう」
張飛が首をふった。
「曹操は妖術なんかがきらいだと聞いているからな。妖怪を使うとは思えん」
蒼太と夏花は顔を見あわせた。向こうの世界で予言書の巻物をうばった変顔は、曹操の間者（スパイ）のはずだ。

「でも、気をつけたほうがいいですよ」
蒼太がいった。
「曹操が妖怪を間者に使ってるかもしれないから」
「ははは。考えられん」
張飛はわらいとばしたが、孔明は、真剣な顔つきで、
「そうだな」
とうなずいた。
一行――というより孔明と張飛は、いつものように、とくに急ぐでもなく、かといってわざとゆっくりでもなく、たんたんと先へ進んでいった。最終の目的地は長江に面した呉の柴桑で、今は陸路を行っているが、いずれは長江にでるだろう。地理を知らないので、今どのへんを歩いているのかわからない。けれど、蒼太はもうあせらないことにした。このまま孔明と張飛についていって、赤壁の戦いを見とどければいいのだ。
日が高くなると、暑くなってきた。あたりは石ころだらけの荒れ地で、じりじりと照りつける日差しをさける木かげひとつない。孔明と夏花が乗っている馬も、

蒼太が乗っているロバも、はあはあと息づかいが荒くなってきた。
やがて行く手に寺が見えてきた。
「ちょうどよかった。あそこで馬とロバに水を飲ませてやろう」
孔明がいった。
馬とロバを引いて寺の門をくぐると、中からひとりの老僧が杖をついてでてきた。
「どちらさまかな」
老僧は、白いまゆ毛の下から細い目をのぞかせて、四人を見まわした。
「旅の者ですが、とつぜんおじゃまして、もうしわけありません。この暑さで馬とロバがへばりぎみなので、水を飲ませてやりたいのです。井戸をお借りできないでしょうか」
孔明が、ていねいにたのみこんだ。
「それはお困りじゃろう。井戸はこちらじゃ」
老僧は、先に立って裏庭に案内してくれた。
孔明と張飛が馬とロバに水を飲ませ、蒼太と夏花が、ぬれた藁で二頭の足や腹をふいてやった。馬もロバもすっかり元気を取りもどした。

「あんたがたも、少し休んでいかれたらどうじゃ」

老僧がいった。

「この暑さでは、体がまいってしまう。急ぐ旅でないのなら、しのぎやすくなってからでかけたほうがよい」

「そうですね」

孔明はうなずいた。

「では、おことばにあまえさせていただきましょう」

「それがよい、それがよい」

老僧は、なぜかうれしそうににたりとわらうと、ひょこひょことはずむような足取りでふたたび先に立った。

小さな寺で、本堂もそんなに広くはなかった。本堂には、えらいお坊さんらしい彫像があって、その両側のかべには絵がえがかれていた。ひとつは、切り立ったがけや滝がえがかれた風景画だったが、もうひとつは、赤い花を手に持ってたたずんでいる美しい女の人の絵だった。

女の人がたたずんでいるのは、大邸宅の庭のようで、背後には池が見え、その向こうに御殿のような建物や高楼がおりかさなるようにえがかれている。

蒼太も夏花も張飛も、その絵をちらっと見ただけで通りすぎたが、孔明だけはその前に足を止めて、くいいるように見つめた。

「その絵が気に入りましたかな」

老僧が声をかけた。

「それとも、気に入ったのは、絵の中の美女ですかな」

「えっ、あっ、いや……」

孔明は顔を赤らめ、あわてて絵の前からはなれた。けれど、みんなといっしょに歩きながら、何度も絵のほうをふりかえっていた。

本堂と同じように、庫裏（住まい）もせまかった。

「寺におるのは、わしひとりでの。なにもおかまいはできんが、ゆっくりしていってくだされや」

老僧はそういいながら、湯をわかして白湯をくばり、ほしたアンズやナツメを山もりにしてだしてくれた。

「豪傑、あんたにはこちらのほうがよいじゃろう」

老僧はわらって、小ぶりの酒瓶を抱えてきて、張飛の前においた。

「おお、こいつはありがたい」
張飛は大よろこびで、酒瓶に飛びつくと、ぐびりぐびりとのどを鳴らして飲みはじめた。
白湯でのどをうるおし、ほしアンズやナツメをつまんでいるうちに、蒼太と夏花はうつらうつらしだした。なにしろ、ゆうべから今朝にかけて、狼婆のことでほとんどねむっていないのだ。
「出発は少し暑さがひいてからにするから、それまで寝ているがいい」
そんな孔明のことばを耳に聞きながら、ふたりはねむりにおちていった。
ごおーっ、があーっという地をゆるがすような物音に、蒼太は目をさました。物音は、張飛のいびきだった。酒の瓶を抱えて、ねむっている。
「やだ、あたし、ねむっちゃったみたい」
すっとんきょうな声とともに、夏花が目をさました。
「張飛さんたら、すごいいびき！」
夏花は顔をしかめながら、まわりを見まわした。
「あら、孔明さんは？」

「えっ」

そういわれて、蒼太もまわりに目をやった。庫裏には張飛と自分たちだけで、孔明も老僧もいない。

「どこへ行ったんだろう」

「そろそろ出発したほうがいいんじゃない」

「そうだね。さがしに行こう」

ふたりは立ち上がった。出発の用意をしているのかもしれないと思って、裏庭に行ってみたが、馬もロバもおとなしくつながれたままになっていて、孔明の姿はなかった。

「あのおじいさんのお坊さんも、いないわね」

「用事でどこかへでかけたのかも」

あたりはしーんとして、物音ひとつしない。日差しは少し弱まったが、暑さはまだのこっている。風はそよとも吹かない。あたりの草も木も、葉ひとつ動かさない。鳥も飛ばず、虫もはわない。まるで時間が止まったみたいに、なにもかもがじっと鳴りをひそめている。

「なんだかおかしな感じね」
「うん」
夏花と蒼太は顔を見あわせた。
ふたりは、裏庭から本堂にまわった。
「あら、あれ！」
夏花が、向かって左側のかべを指さしながら叫んだ。
「孔明さんの剣よ！」
「ほんとだ！」
孔明がいつも背中に背負っている〈蒼竜の剣〉が、かべに立てかけてあった。
ふたりはかべにかけよった。だが、ふたりの目は、剣よりもかべの絵にくぎづけになった。それは、花を持ってたたずんでいる女の人の絵だったが、女の人はひとりではなかった。
なんと、女の人のわきに孔明が立っていたのだ！

二

かべにえがかれた絵の中に、孔明がいる！

蒼太と夏花は、目をこすりながら何度も絵を見なおした。けれど、何度見ても、絵の中に孔明がいた。しかも、女の人に親しげにわらいかけている。

蒼太と夏花は、ようやく我に返った。

「どうなってんのよ、これ」

「わからないけど、たぶん、孔明さんの身になにか異常なことが起こって、絵の中にとじこめられたんじゃないかと思う」

「そういえば、孔明さん、この絵の女の人が気に入ってたみたいね」

「うん。さっき、じっと見てたもんね。もしかしたら、おれたちがねむっているあいだにここへ絵を見に来て、絵に吸いこまれちゃったのかもしれない」

「どうしたらいいの？」

「わからない」
ふたりとも、とほうに暮れた。孔明がいなければ、このまま旅をつづける意味はまったくない。
「そうだ」
しばらく考えてから、蒼太がいった。
「この絵の中の孔明さんに、よびかけてみよう。もしかしたら、返事してくれるかもしれない。なにかのゲームで、そんな場面があったのを思いだしたんだ」
「ゲームと現実とごっちゃにしないで」
「やってみなくちゃわからないさ」
夏花のことばを無視して、蒼太は、画面の孔明に向かってよびかけた。
「孔明さん、孔明さん、聞こえたら返事してください！」
何度もくりかえし叫んだが、絵の中の孔明は、反応しなかった。
「くそっ、だめか……」
蒼太は、くやしまぎれに、こぶしでかべをどんどんとたたいた。
「聞こえたみたい！」

夏花が叫んだ。
「孔明さんが、こっちを見てる！」
はっとして絵を見なおすと、たしかに、さっきまで女の人にわらいかけていた孔明が、正面を向いている。
「孔明さん！」
「孔明さんったら！」
ふたりは必死でどんどんとかべをたたいた。
すると、絵の中の孔明が、体をかがめて、女の人の耳に顔をよせた。なにかささやいたのだろうか、女の人がにっこりわらってうなずき、手に持った赤い花をかるくゆすった。
絵の中から、うっとりするようなあまい香りがただよってきた。その香りをかいだとたん、蒼太も夏花もなんだか頭がぼーっとなってきた。そして、体が雲にでも乗ったようにふわふわとうき上がった。
気がつくと、ふたりは絵の中にいた。
「ようこそ」

澄んだ、きれいな声がした。ふりむくと、あの女の人がにこやかにわらいかけてきた。そばには孔明もいる。

「わたしは玉英。あなたたちは？」

「夏花に蒼太だ」

ぼうぜんとしているふたりにかわって、孔明が答えた。

「ふたりとも、おどろいただろう。わたしも最初はおどろいた。かべの絵をもう一度ゆっくり見たくて、張飛どのやそなたたちがねむっているあいだにこっそり来てみたら、玉英どのに絵の中にさそいこまれたんだよ。ここは玉英どのの屋敷で、すばらしいところだから、そなたたちにも見せてやろうと思って、玉英どのにたのんだのだ」

「孔明さまのお友だちなら大歓迎だわ。さあ、行きましょう」

玉英が手をさしだすと、孔明がその手を取った。ふたりは、なかよく手をつないで歩きだした。

「待ってよ！」

「ちょっと待って」

我に返った蒼太と夏花は、あわててあとを追った。

庭園を抜けてしばらく行くと、池のほとりにでた。湖といってもいいくらい大きな池で、ちょうどまん中あたりに、小さな島もある。ほとりには船着き場があって、船首に龍の頭をかざった屋根つきの船がもやってあった。

船着き場には、若く美しい女の人が五、六人でむかえていた。女の人たちは、玉英たち四人の手を取り、渡し板を渡って船に案内してくれた。船の中には豪華な敷物がしきつめられ、天井からはきらびやかなかざり物がさがっていた。

でむかえた女の人たちが、みんなの前に飲み物とくだものを運んできた。陶器のコップにはいっていたのは、乳白色をした液体で、皿にのっていたのは鈴の形をした金色のくだものだった。

「これは、銀霊水に金鈴果よ」

玉英がいった。

「銀霊水を飲めば魂まであらいきよめられ、金鈴果を食べれば、いやなことや悩みごとなどをすべてわすれることができるといわれているわ」

「それはいい」

孔明はコップの飲み物を一気に飲みほし、玉英がむいてくれたくだものを口に入れた。そして、

「うむ。なんともいえない、いい気分だ」

目を細め、うっとりとした顔つきでつぶやいた。

「そなたたちも、ためしてみるといい」

孔明にすすめられて、蒼太と夏花は、銀霊水を飲み、女の人がむいてくれた金鈴果を食べた。銀霊水は少しあまずっぱく、金鈴果はとろりとあまかった。しばらくすると、なんだかうきうきしてきて、楽しい気分になった。

そうしているうちに、船が静かに動きだした。こぎ手は船底にいるらしく、船

端からのぞくと、何本もの櫂が船腹からつきでていて、ゆっくりと水をかいていた。

船は鏡のような水面をすべるようにすすんでいった。池のまわりは緑の木立がぐるりと取りまき、その後方はなだらかな山になっていて、高楼や宮殿のような建物の朱色のかわら屋根が点々とつらなってきらきらと日にきらめいていた。

池にはさまざまな水鳥がのんびりと泳いでいた。船が近づいてもなんの警戒心も見せず、自分たちの仲間ででもあるかのように、静かに見送っている。

「まるで仙境（仙人の住むところ。別世界）のようだなあ」

孔明が、ゆったりとあたりを見まわしながら、感嘆の声を上げた。
玉英は、そんな孔明の横顔をくいいるように見つめていた。その手は孔明の手にそっと重ねられている。孔明は気がつかないふりをしていた。
船はやがて向こう岸に着いた。船着き場には十数人の男たちが、輿を持って待っていた。輿は前後ふたりずつ四人でかつぐようになっていて、玉英の輿を先頭に、孔明、夏花、蒼太とつづいて、船着き場から石畳がしかれたゆるやかな坂道を一列になってすすんでいった。
何度か角をまがって坂道をのぼりきると、宮殿のような建物の前にでた。大勢の男や女たちが、二列にならんで、四人をでむかえた。
「お前たち、支度はととのっているかい？」
輿をおりた玉英がいった。
「はい、玉英さま。支度はすべてととのっております！」
二列にならんだ男や女たちが、両手を胸元で組みあわせ、頭をさげて、いっせいに答えた。
「そう。ご苦労さん。では、まいりましょう」

玉英は、にっこりわらうと、孔明の手を取って、列のあいだを歩きだした。蒼太と夏花があとを追う。ならんでいる者たちは、四人が通るあいだずっと頭をさげつづけていた。

宮殿のような建物に一歩はいったとたん、ぷーんといいにおいがただよってきた。食べ物のにおいだ。においの源は大広間だった。

「す、すげえ！」

「ちょっと、ちょっと、これ、なによ！」

蒼太と夏花はおどろきのあまり、目を丸くした。大広間のまん中に、大きな長方形の卓がでんとおいてあり、その上にさまざまな料理が山のようにのっていたのだ。

牛や鹿、羊、鯉、雉などのほし肉。牛、鹿、豚、鶏の串焼き。ゆでた豚肉や鶏肉。兎、子豚、鴨、鶉、雀の丸焼き。大小さまざまな鳥の卵。芥子菜、蓮根、瓜、筍、里芋、梨、梅、蜜柑、山桃など、季節を問わない野菜の煮つけやくだもの。丸くてうすいパンのような餅や餃子まであった。大きな鉢にはいっている肉や野菜のスープからは、湯気がさかんにたちのぼっている。

「好きなものをいくらでも召し上がれ。たりなくなったら、すぐ持ってこさせますから」

玉英がわらっていった。

四人は、料理ののった大卓をはさんで、玉英と孔明、蒼太と夏花のふたりずつに分かれてすわった。みんなの前には、皿や碗ののったお膳がすえられてあった。

四人の席が定まると、女たちが大卓の料理を切り分けてめいめいのお膳に運んでくれた。お腹がすいていた蒼太と夏花は、運ばれてきたものを夢中で食べた。

はじめて食べるものばかりだったが、どの料理もおいしかった。
「もうお腹いっぱい」
「うん。これ以上食べられないや」
ふたりは、満足そうにお腹をさすった。
「ここにある料理、張飛さんだったらひとりで食べちゃうわね」
夏花がなにげなくつぶやいた。
「あっ……！」
蒼太ははっとした。
「そういえば、張飛さんどうしてるだろう」
絵の中にはいってから、ずっとふわふわした気分がつづいていて、寺や張飛のことをすっかりわすれていた。
「そうね。目をさまして、孔明さんやあたしたちをさがしているかもよ」
「そろそろもどったほうがいいな」
蒼太と夏花は、夢からさめたように、立ち上がって孔明に歩みよった。

三

孔明は、ゆったりとくつろいでいた。料理をつまんではうまそうに味わい、ちびりちびりと酒を飲み、玉英と楽しげにわらったりしゃべったりしていた。玉英は、孔明にぴったりとよりそって、杯が空になると酒をつぎ、孔明の皿や碗が空にならないように、女たちに料理を持ってこさせた。ときどき、孔明の横顔をうっとりしたまなざしで見つめていた。

「どうした、そなたたち」

孔明は、赤い顔を蒼太と夏花に向けた。

「なにかほしいものがあるのか。だったら玉英どのにいって……」

「そうじゃないんです」

「そろそろもどりましょう」

蒼太と夏花はこもごもいった。

「もどるって？」
孔明は、一瞬けげんな顔をしたが、すぐに「ああ」とうなずいた。
「そうだな。たしかに、もどらなくちゃならんが……」
孔明は、目の前の料理に目をやり、杯をかかげ、玉英を見て、ふーっと大きな息をついた。
「うまい料理にうまい酒、美しいひと。そして心がいやされる仙境のようなのどかな景色。それに、ここには、わたしのきらいなけんかや争いごともないだろうし……わたしはいつまでもここにいたい」
蒼太と夏花はおどろいた。まさか孔明がそんなことをいいだすとは！　よっぽどこの世界が気に入ってしまったらしい。
「ばかなことといわないで！」
夏花が、目をつり上げて孔明をにらんだ。
「早くもどりましょ。張飛さんが待ってるわ」
「張飛どのか。あの人ならむしろここへよんでやればよろこぶんじゃないか。なにしろ、食べ放題飲み放題だからな」

「わたくしが、よんでさしあげますわ」
玉英が、にっこりと孔明にわらいかけた。
「ありがとう」
孔明はうれしそうに頭をさげると、ふたりに向きなおった。
「どうだい。そなたたちも、いやなことや悩みごとをわすれて、ごちそうを食べ、すばらしい景色をながめながら、ここで楽しく暮らさないか」
「赤壁の戦いはどうするんですか」
蒼太がつめよった。
「孔明さんがいなければ、呉の孫権を説得できないし、そうなれば、孫権も劉備さんも赤壁の戦いに敗れて、曹操の天下になってしまいますよ！」
「心配はいらない。わたしがいなくても、すべてうまくいくさ」
孔明は、自信たっぷりにいった。
「えっ⁉」
「どういうこと？」
蒼太と夏花は、思わず孔明の顔を見なおした。

そのとき、給仕をしていた女のひとりが歩みよってきて、玉英になにごとかささやいた。

「そう。わかったわ」

まゆをよせてうなずくと、玉英は孔明に顔を向けた。

「ちょっとめんどうなことになりそうですから、みなさん、別の部屋で休んでいてくださいませんか」

「いいですよ」

孔明は気軽に立ち上がった。

「こちらへどうぞ」

女が先に立って、広間のとなりの小部屋に三人を案内した。広間とのあいだに丸い竹の格子窓があったので、蒼太と夏花はそこに顔をよせて、広間のようすをうかがった。

給仕の女たちをさがらせたらしく、広間には玉英しかいなかった。しばらくすると、足音がして、だれかがはいってきた。

「ちょっと、あの人！」

「まさか！」
夏花と蒼太は、おどろきの声を上げた。はいってきたのは、あの老僧だった。
「孔明はどこだ！」
老僧は、広間を見まわしながら、杖でどんと床をたたいた。
「どこへ行った！」
「そんなにどならくても、ようございますよ」
玉英が、うすわらいをうかべて、いった。
「ちょっと食べすぎたっていうんで、ほかの部屋で休ませています」
「かまわん。つれてこい」
「なにをそんなにあせってるんです。銀霊水を飲ませ、金鈴果を食べさせ、すてきな景色を見させ、山ほどのごちそうを食べさせ、わたしの魅力をふりまいて、この世界を気に入るようにしむけたんです。あと少しで、もとの世界のことはすっかりわすれるはずです」
「いや、もとの世界のことを完全にわすれてしまっては困るのだ。やつの使い道がなくなる。わしがお前にたのんだのは、孔明を別世界にさそいこんで、ぜいたくを味わわせ、呉へ行く気をなくすようにすることだけじゃ。勝手にやりすぎてはいかん」

老僧は、いらだたしげに杖をたたいた。

「とにかく、早く孔明を渡せ！」

「お断りします」

玉英がきっぱりといった。

「なんじゃと？」

「孔明さまはわたしのもの。だれにも渡すつもりはありません」

「どういうことだ」

「どういうことも、こういうこともありません。わたしは、孔明さまと会って、ひと目で好きになったんです。ですから、孔明さまにはずーっとこの世界にいてもらいます。孔明さまもその気になったようですし、もうあなたのでる幕はありません。さっさとお帰りください」

「いい気になるなよ。わしが本気をだせば、お前などひとひねりだぞ」

「ふん。やれるもんならやってみな」

玉英の口調が急にぞんざいになった。と同時に、右の肩からひょいと頭がでてきた。つづいて左肩からもでてきた。さらに、背中から三つ、胸からひとつ、両腰のあたりからふたつでてきた。九つの頭は、目をつり上げ、牙をむいて老僧をにらみつけた。

「す、すげえ！」
「玉英さんって、妖怪だったんだ！」
夏花と蒼太は、息をのんだ。
「どうした」
孔明がよってきた。
「見て」
夏花がわきによった。格子窓から広間に目をやった孔明は、そのままその場に立ちつくした。
広間では、老僧が手に持った杖をぐいと前につきだしていた。
「九頭女よ、思いなおすなら今のうちだぞ。さっさと孔明を渡せ」
「やなこった！」
九つの頭がいっせいに横にふられた。
「お前こそ思いなおして、とっとと帰れ。でないと、痛い目にあうぞ！」
九つの口がいっせいにとがったかと思うと、無数の針がひとつづきの糸のように勢いよく吐きだされ、老僧めがけて飛んでいった。

「そんなものでわしを倒せるとでも思っておるのか」
あざけりながら、老僧は、くるくるっと体をコマのように勢いよく回転させた。針は、回転する老僧の体にすーっと吸いこまれていく。
やがて回転が止まった。老僧のかわりにそこに立っていたのは、全身黒ずくめで目のまわりだけが白い男だった。男の体には無数の針がつき刺さっていて、銀色に光っていた。まるで針鼠のようだった。男はぴくりとも動かない。
「だから忠告しただろ」
九つの口から、同じことばがもれた。
「痛い目にあうって」
「そうかな」
くっくっくっというわらい声とともに、男が全身をゆすった。すると、つき刺さっていた針がばらばらとおちて、男の足もとに山のようにつもった。
「そら、返すぞ！」
男は、杖で針の山をはらった。針が蜂の群れのように一直線になってもと来たほうへ飛んでいった。

「うわわわあ、やめてええ」
九つの口からいっせいに悲鳴が上がった。逃げる間もなく、全身に自分がはなった針を浴びて、玉英――九頭女はばったりと倒れ、動かなくなった。
「ばかめ。きさまの妖力では、おれには勝てぬわ」
黒ずくめの男は、あざけりわらった。
「さて、孔明をさがすとするか。この屋敷の中にいるのはたしかだ」
「さがすまでもない。わたしはここにいる」
孔明が、小部屋からでてきた。蒼太と夏花がうしろにしたがっている。
孔明は、倒れている九頭女に向かって手を合わせると、男に向きなおった。
「わたしに何か用か」
「失礼いたした、孔明どの」
男はことばをあらためた。
「わたしは、曹操さまにお仕えしている黒風怪ともうすもの」
蒼太と夏花は、はっとして顔を見あわせた。するとこの男は、あの変顔と同じように曹操の間者（スパイ）なのか！

四

「うむ。それで？」
孔明は、顔色も変えずに先をうながした。
「じつは、曹操さまは、あなたを軍師としてむかえたいとお考えになっておられる」
黒風怪はずばりといった。
「ほう。曹操が、わたしを軍師に招くというのか？」
孔明は、おもしろそうな顔つきで、問いかえした。
「さよう。曹操さまは、あなたの才能を高くかっておられる」
「ふむ。それで、曹操の軍師になると、どんないいことがあるんだろう」
「その前にお聞きしたい。玉英――九頭女のもてなしはどうだったか。お気に召しましたかな」

「そうだな。玉英さんみたいな美人に会えてうれしかったし、これまで口にしたことがないようなごちそうをたらふく食べられて、大満足だった」

「曹操さまに仕えれば、もっとすばらしいことが待っておりますぞ。曹操さまは、今いちばん勢いのあるお方。財力も豊かだから、手柄を立てれば、たくさんのほうびがもらえ、大金持ちになる。大邸宅をかまえて玉英の何倍も美しい美女を百人召し抱え、山海の珍味を取りそろえて毎日毎晩宴会をひらくこともできる。それこそ、ぜいたくのし放題といっていいでしょう」

黒風怪は、ねっとりとした口調でつ

づけた。
「財力のない劉備どののために働いても、一生そんなぜいたくは味わえないのではないですかな。いくら呉の孫権と組んでも、曹操さまに勝てるわけはない。いずれ曹操さまにほろぼされるに決まっている。そうなる前に、曹操さまについたほうがいいと思いますよ。どうです」
「そうだなあ」
孔明は、腕を組んで考えこんだ。
「ちょっと、ちょっと、孔明さん！」
「よけいなことを考えないでよ！」
夏花と蒼太は、あわてて孔明のそでをひっぱった。孔明が曹操の軍師になったら、それこそ歴史がめちゃくちゃになって、未来がすっかり変わってしまう。
「ははは。心配するな」
孔明はにこりとわらって、腕組みをといた。
「黒風怪とやら。ありがたいもうしでだが、どうも気が向かない」
「断るというのか」

「そうだ。曹操は疑り深い人だと聞いている。曹操に少しでも疑われたら、どんなに功績のある者でも、すぐさま首を斬られるという。いくら百人の美女にかこまれて、毎日宴会をひらいていたとしても、いったん曹操に疑われたら最後だ。なにごとも命あっての物種。どんなにぜいたくをしていても、死んだらおしまい。やはりわたしには、畑をたがやしながら昼寝をするほうが似合っているようだ」

「そういうことなら、しかたがないな」

黒風怪は、にやりとわらった。

「だが、孔明よ。おれは、なにがなんでもきさまを曹操さまの御前にひきつれていくぞ。それがおれの使命だ」

黒風怪は、四、五歩さがって、手に持った杖の先をさっと三人に向けた。

「覚悟しろ！」

そのとき、思いがけないことが起こった。倒れて動かなかった玉英が、孔明たちのところまでずるずると必死で床をはってくると、よろよろと立ち上がり、両手を広げて孔明たちをかばったのだ。玉英の頭はひとつだけになっていた。

「じゃまだ、九頭女。どけ」

黒風怪がどなった。
玉英は、だまって首を横にふった。
「それならお前もいっしょにしまつしてやる」
黒風怪の杖の先から、しゅるしゅるしゅるっと白いひものようなものが飛びでてきて、玉英にぐるぐるとまきついた。
「逃げろ！」
孔明が蒼太と夏花をうながして走りだそうとしたが、それより早く、ふたたび杖の先から飛びでてきたひもが孔明にまきつき、つづいて蒼太と夏花にもからみついた。三人とも、体じゅうひもでぐるぐるまきにされ、芋虫のように床にころがった。
「いかん。蒼竜剣をおいてきてしまった」
孔明が舌打ちした。
「どうして剣を持ってこなかったのよ！」
夏花がわめいた。
「そうだよ。蒼竜剣ならこんなひも、すぐに切れるのに」

蒼太が口をとがらせた。
「すみません。そんな物騒なものを持ってこないでって、わたしが孔明さまにたのんだのです」
玉英がかすれ声であやまった。
「わっはっはっ。あの剣がなければ、なにもできまい。それで、おれがそういえと命じたのだ」
黒風怪があざわらった。
「そのひもは生きている。時間がたてばたつほどきりきりとしまっていって、最後には息もできなくなる。孔明だけはあとではずしてやるが、あとのやつらはほうっておく。自分の体がだんだんしぼられていくのを楽しむがいい。さて、孔明さんよ。これからおれと曹操さまのもとに行こうか」
黒風怪は、四人に歩みよると、孔明に手をかけ、肩にかつぎ上げようとした。
そのとき。
——剣ならここにあるぞ！
どこからか叫び声が聞こえ、なにか細長いものが、宙を飛んできて、黒風怪にはげしくぶつかった。
「わっ、な、なんだ!?」
不意をつかれた黒風怪は、孔明を投げだし、しりもちをついた。
飛んできたのは、蒼竜剣だった。剣は、ひとりでに鞘からすべりでると、投げだされた孔明のひもをぶつぶつと切った。
「助かった！」
孔明は、さっと立ち上がって手をのばした。すると剣は、その手の中にすっとおさまった。
「くそっ」
黒風怪もすばやく立ち上がって、杖をかまえた。
「覚悟しろ、黒風怪！」
蒼竜剣にひっぱられるようにして、孔明が突進した。
「なにを、こしゃくな。これでもくらえ！」
黒風怪の杖の先から、白いひもが飛びだして、蒼竜剣にからみついた。だが、ひらっひらっと刃先がきらめくと、ひもはばらばらになって床におちた。

「な、なにっ!?」
驚愕の表情をうかべた黒風怪は、ふたたび杖をかまえた。しかし、ひもが飛びでる間もなく、蒼竜剣が杖をまっぷたつに切ってすてた。
「あわわわっ」
黒風怪は、切られた杖を投げすて、身をひるがえして広間から逃げだした。
「待て！」
孔明はすぐさま後を追ったが、途中で思いなおしてひきかえしてくると、蒼太と夏花のひもを切った。それから玉英に歩みよってまきついたひもを切ると、そっと抱きおこした。
「大丈夫ですか、玉英どの」
「ああ、孔明さま……」
玉英は、孔明の腕にすがりついた。
「わたしはもう永くありません。わたしが死ぬと、あなたがたはこの世界にとじこめられて、でられなくなります。ですから、わたしの息があるうちに、あなたがたをもとの世界に帰してあげます」

玉英は、苦しげな息をつきながら、とぎれとぎれにいうと、孔明の手を借りて立ち上がった。

「わたしから少しはなれてください」

いわれたとおり、三人が五、六歩はなれると、ともすれば倒れそうになる体を必死で保ちながら、玉英が頬をすぼめて大きく息を吸いこみ、ついで、勢いよく吐いた。

そのとたん、三人は突風に吹きとばされたように宙に舞ったかと思うと、階段をころげおちるようにごろごろっところがりおちた。
「痛！」
「いたたたた！」
「痛い！」
三人は頭や腰をおさえて悲鳴を上げた。
「なんだ、どうしたんだ、お前たち！」
聞きなれた太い声がすぐそばでした。見ると、そこはもとの寺の本堂で、張飛が仁王立ちになって、大きな丸い目玉をさらに大きく丸くして三人を見つめていた。
「みんな、今までどこに行っておったんだ」
「それより張飛どの。あなたは今までどうしてたんです」
孔明が、腰をさすりながら立ち上がった。
「おれか。おれは酒を飲んでねむってしまい、目がさめてみると、あの年寄り坊主をはじめ、だれもいない。あちこちさがしながら本堂に来ると、かべぎわに軍師の剣が立てかけてある。なんでこんなところにあるんだと、首をかしげておると、かべの中から、『剣が……』とか、『蒼竜剣を……』とか叫ぶ声が聞こえてきた。
それでおれは、とっさに『剣ならここにあるぞ！』と叫んで、剣をかべに向かって投げた。すると、どうだ。剣がすっとかべの中に吸いこまれて消えちまった。なにがなんだか分からないでここにつっ立っていると、お前たちがかべの中からおれの足もとにころがりおちてきたというわけさ」
三人は顔を見あわせた。では、蒼竜剣は張飛がほうってくれたのだ。
「ねえ、ちょっと見て！」
夏花が叫んで、かべを指さした。
かべに目をやった孔明と蒼太は、ことばもなく立ちつくした。かべは、一面によごれた灰色で、絵などどこにもえがかれてはいなかった。
「玉英どのが消えた……」
孔明が、ぽつりとつぶやいた。蒼太はそっと孔明を見やった。目をとじ、口をぎゅっとひきむすんでいた。
「ところで、そっちは今までどこにいたか、まだ聞いてないぞ」
張飛が、がらがら声でいった。

「かべの向こうの世界へ行ってたのよ」
夏花が答えた。
「かべの向こうだと？」
「そうよ。すてきな別世界……」
夏花は、張飛にこれまでのことを語った。
「くそっ。なんでおれをよんでくれなかったんだ！」
話を聞きおえると、張飛は地団駄をふんでくやしがった。
裏庭のほうから、馬とロバの鳴き声が聞こえてきた。孔明は、夢からさめたように目をあけ、三人をふりかえった。
「そろそろ行こうか」
その声はいつものように明るく、なにかをふっきったように、すっきりした顔つきをしていた。
四人が寺をでてからしばらくすると、本堂のかべの中から、黒風怪がでてきた。
「こんどはうまくいくと思ったが、九頭女が、まさか孔明を好きになるとは、とんだ計算ちがいだったわ」

にがわらいをうかべた黒風怪は、

「それにしても、蒼竜剣だ。あれがなければ、うまくいっていた。たしかあの剣には、持ち主の危機を救う働きがあるとかいっていたな。なんとしても、孔明と蒼竜剣をはなればなれにする工夫をしなければならんな」

そうつぶやくと、風をまくようにして四人のあとを追った。

作者　三田村 信行（みたむら のぶゆき）

一九三九年東京都に生まれる。早稲田大学文学部卒業。幼年童話から大長編まで幅広く活躍している。『風の陰陽師』（ポプラ社）で巌谷小波文芸賞、日本児童文学者協会賞を受賞。主な作品に「きつねのかぎや」シリーズ、「へんてこ宝さがし」シリーズ（ともにあかね書房）、「キャベたまたんてい」シリーズ（金の星社）、「ネコカブリ小学校」シリーズ（PHP研究所）、『おとうさんがいっぱい』（理論社）ほか多数がある。東京都在住。

画家　十々夜（とや）

富山県に生まれる。大阪美術専門学校卒業。ゲームのイラストからキャラクターデザイン、児童書の挿画まで様々な分野で活躍している。挿画の作品として「妖怪道中膝栗毛」シリーズ（あかね書房）、「ルルル♪動物病院」シリーズ、「アンティークFUGA」シリーズ（ともに岩崎書店）、「サッカー少女サミー」シリーズ（学研）、『おなやみ相談部』（講談社）ほかがある。京都府在住。

妖怪道中三国志・2
壁画にひそむ罠
二〇一六年 五月 初 版
二〇一八年 五月 第二刷

作 者 三田村信行
画 家 十々夜
発行者 岡本光晴
発行所 株式会社あかね書房
〒一〇一－〇〇六五
東京都千代田区西神田三－二－一
電 話 〇三－三二六三－〇六四一（営業）
〇三－三二六三－〇六四四（編集）
印刷所 錦明印刷株式会社
製本所 株式会社難波製本
装 丁 吉沢千明

NDC913 161ページ 21cm
© N.Mitamura,Totoya 2016 Printed in Japan
ISBN978-4-251-04522-5
乱丁・落丁本はお取りかえいたします。定価はカバーに表示してあります。
http://www.akaneshobo.co.jp

「三国志」の世界で歴史をまもる……!?
手に汗にぎる、妖怪アドベンチャー!

妖怪道中三国志シリーズ

三田村信行・作　十々夜・絵

全5巻

1 奪われた予言書

予言書の巻物が妖怪に奪われた！　蒼一たちは歴史をまもるため、"三国志"の時代へ。出会ったのは呉へと旅をする孔明と張飛だったが！?

2 壁画にひそむ罠

蒼太と名前を変え、4人で旅をはじめた蒼一。ところがつぎつぎと妖怪に襲われる。美女に壁画のなかへ招かれた孔明を、つれもどせるのか……?

3 孔明vs.妖怪孔明

歴史をまもるため、孔明・張飛たちと旅をつづける蒼太。ところが、妖怪のしわざで、孔明そっくりな孔明が出現！　妖怪を見やぶることができるのか!?

4 幻影の町から大脱出

「赤壁の戦い」を起こすために旅をつづける蒼太たち。ところが、死者が暮らす町で鬼に追われ危機一髪！　そして孔明をめぐるなぞがついに明らかに……!?

5 炎の風吹け妖怪大戦

とうとう「赤壁の戦い」へ！
正体をあらわした周瑜とともに孔明は曹操に立ち向かう。使命を果たした蒼太たちは、未来へ帰れるのか……!?

妖
山ン本五郎
変顔